Bajo la

CONDOR

Bajo las alas del CONDOR

José Luis Méndez

Editorial Capitán San Luis
La Habana, Cuba, 2006

Edición: **Iraida Aguirrechu**
Diseño de cubierta y pliego gráfico: **Francisco Masvidal**
Corrección: **Olga María López**
Realización computarizada: **Beatriz Pérez**

ISBN: 959-211-293-2

Editorial Capitán San Luis. Ave. 25 No. 3406 entre 34 y 36, Playa,
Ciudad de La Habana, Cuba
Impresión Nomos S.A.

A todas las víctimas
de las operaciones Cóndor y CORU,
a los desaparecidos, a sus familiares,
a todos los luchadores contra el fascismo.

Eterna gratitud para quienes me inspiraron, alentaron para alcanzar el fin; para quienes contribuyeron con informaciones, ideas y sugerencias a dar contenido y forma a este esfuerzo.

Prólogo

El 22 de diciembre de 1992, un pequeño grupo de familiares de desaparecidos y víctimas de la dictadura de Alfredo Stroessner —que perduró 35 años en Paraguay— encabezados por Martín Almada, pedagogo y abogado, y el joven juez Agustín Fernández, llegó sorpresivamente ante una sede policial del barrio de Lambaré en Asunción, la capital paraguaya, y en nombre de la justicia ingresaron al lugar.

Adentro encontraron varias toneladas de papeles. Eran los archivos de la dictadura, la historia del horror escrita día a día por los victimarios.

El hecho intentó ser ignorado por la gran prensa del mundo pero el extraordinario descubrimiento no pudo ser finalmente ocultado. Almada, víctima de la dictadura *strossnista,* había logrado testimonios y evidencias suficientes para seguir las pistas que llevaron hacia esa sede policial en Lambaré.

Además de la saga de informes, de los partes de la trágica rutina de la represión, de los testimonios de espionajes y transcripciones de los interrogatorios bajo torturas, en esos archivos se encontraron varios documentos que permitieron comenzar a reconstruir la historia secreta de una criminal acción de contrainsurgencia, que bajo el nombre de Operación Cóndor, dejó centenares de víctimas en la región.

Fue una de las diversas operaciones que se realizaron en el marco de la siembra de dictaduras militares en el Cono Sur en los años setenta, como consecuencia de la aplicación de la Teoría de Seguridad

Nacional de Estados Unidos. Los pueblos quedaron atrapados bajo la imposición de los terrorismos de Estado que, supuestamente para combatir el "peligro del comunismo", produjo un genocidio regional.

Varios libros se han escrito sobre la Operación Cóndor, que fue una verdadera coordinación criminal entre las dictaduras del Cono Sur, una alianza o "asociación ilícita" para espiar, vigilar, secuestrar personas, intercambiarlas ilegalmente entre un país y otro y para asesinar, desconociendo fronteras, soberanías y derechos.

Pero faltaba escribir la historia de los antecedentes y de la participación de los terroristas "protegidos", esos verdaderos ejércitos en sombras, que antes de "oficializarse" la Operación Cóndor ya se trasladaban por diversos países para cometer atentados y asesinatos.

Los gobiernos militares y sus servicios de inteligencia contaron con el "trabajo de guerra sucia" sistemático de esos grupos parapoliciales, paramilitares, mafias y asesinos a sueldo, que actuaban al servicio de la Agencia Central de Inteligencia (CIA) de Estados Unidos o de organizaciones derechistas del mundo.

Entre estos sobresalían por la impunidad de su actuación protegida por la CIA, el Buró Federal de Investigaciones (FBI, siglas en inglés) y otras instituciones, los terroristas anticubanos que anidan en Miami y que realizaron infinidad de acciones criminales, como gendarmes de esas mismas agencias en todo el mundo.

Por esa razón el libro *Bajo las alas del Cóndor,* de José Luis Méndez Méndez, vino a cubrir un importante espacio vacío en el conocimiento del accionar de esos grupos que fue clave en el ajedrez de la muerte de Cóndor, la operación contrainsurgente más simbólica del terrorismo de la "seguridad nacional".

El libro revela datos desconocidos, secretos ocultados cuidadosamente, conspiraciones asombrosas tejidas en las oficinas ovales de Washington, donde se traman desde invasiones, guerras sucias, asesinatos individuales y masivos, destrucción de países, guerras ilimitadas. Y es esencial conocer la capacidad criminal de los mercenarios de la muerte, en momentos en que todo el mundo es la frontera de seguridad del mayor imperio que conoció la humanidad.

En ese entramado, el autor traza una línea imprescindible para conocer los caminos de la tragedia latinoamericana y la saga criminal de estas organizaciones terroristas que continúan actuando de la misma manera, como se reveló en el intento de asesinar en Panamá durante la Cumbre Iberoamericana del año 2000, al presidente de Cuba Fidel Castro.

Las andanzas criminales de los terroristas anticubanos como Luis Posada Carriles, Orlando Bosch, Virgilio Paz, Dionisio Suárez, los hermanos Novo Sampoll, Pablo Gustavo Castillo Díaz, Gaspar Eugenio Jiménez Escobedo, Orestes Ruiz Hernández, y tantos otros, mostradas a través de una impecable investigación y documentos irrefutables no hacen sino mostrar descarnadamente la doble moral de Estados Unidos.

Los vínculos de esas organizaciones con la CIA o el FBI, y otras agencias similares, para las que trabajaron y trabajan, son también la evidencia de los vínculos de las mismas con el poder político, que les asegura impunidad eterna y buenos negocios. Demuestra Méndez Méndez que el FBI tiene registrado cada paso dado por los terroristas, cada asesinato, atentado o acción desestabilizadora.

Mesurado en el lenguaje y en la exposición, el autor logra un documento preciso y acucioso, que convierte en una narración formidable.

En importantes entrevistas realizadas por el autor, como las que mantuvo con el general (r) Manuel Contreras, quien fue jefe de la policía política del dictador Augusto Pinochet, en Chile —país sede de Cóndor en los años del horror—, en investigaciones y cruzamientos de informes; se labra, con tejido muy fino, una historia clave para entender lo que sucedió y lo que aún sucede.

También existe una cuidadosa cronología de los actos terroristas ejecutados por estos grupos entre 1975 y 1976 y anexos que permiten indagar en documentos hasta hoy desconocidos.

Sin duda, *Bajo las alas del Cóndor* será un instrumento clave para llegar a los recovecos más profundos en ese rompecabezas de la muerte; especialmente para los sobrevivientes y familiares de las víctimas que buscan verdad y justicia en una serie de juicios contra la Operación Cóndor, sus responsables ideológicos, intelectuales y ejecutores. Dilucidar los entramados del horror, es dar otro paso para derrotar la impunidad que prevalece y amenaza a la humanidad.

STELLA CALLONI, 19 de abril de 2006

Stella Calloni

Índice

Introducción

"[...] la muerte de estas personas siempre me alegra [...]"

Guillermo Novo Sampoll[1]

El 11 de septiembre de 1973 el golpe militar llevó al fascismo al poder en Chile, sus sombras se esparcieron por todo el Cono Sur de América Latina, y durante años llevaron el luto y el dolor a cientos de miles de familias latinoamericanas.

Dictaduras militares en esa región, antes y después de esa fecha, sometieron a sus pueblos y en alianza persiguieron, encarcelaron, torturaron, asesinaron y desaparecieron a sus ciudadanos; a estos crímenes se sumaron decenas de terroristas anticubanos que basificados en Estados Unidos se unieron a los fascistas para actuar.

A cambio, los contrarrevolucionarios recabaron de esos gobiernos el apoyo político, diplomático y logístico para operar contra Cuba y atemorizar a países que rechazaron el aislamiento, el bloqueo impuesto y mantuvieron relaciones con el gobierno cubano. En esos países se colocaron bombas y se amenazó a sus representaciones comerciales, diplomáticas, turísticas, líneas aéreas y entidades de los entonces países socialistas, de Europa occidental y Asia.

Desataron campañas de descrédito, difamación contra la Revolución por el apoyo solidario a organizaciones que luchaban contra el fascismo en la región.

[1] Declaración de Guillermo Novo Sampoll, terrorista anticubano, a periodista del diario soviético *Literaturnaya Gaceta,* en diciembre de 1976 a quien confundió con un corresponsal norteamericano al referirse al sabotaje del avión civil cubano en Barbados.

Los anticubanos, entrenados por la Agencia Central de Inteligencia (CIA), adiestraron y organizaron a los cuerpos represivos de varios países, fueron enviados a Chile, Bolivia, Perú, Venezuela, Ecuador y Argentina donde trasladaron sus experiencias de contrainsurgencia.

Los terroristas ejecutaron acciones punitivas contra intereses de países que paulatinamente restablecieron distintos niveles de nexos con Cuba lo que erosionó el aislamiento impuesto, no solo en sus territorios, sino en Estados Unidos.

El libro estudia una época particularmente sórdida en la región cuando durante los años setenta gobernaron dictaduras militares que llegaron al poder por medio de cruentos golpes de Estado. En esas condiciones políticas se oficializa un pacto que bajo la denominación de Operación Cóndor constituye una internacional del crimen encargada de eliminar a adversarios políticos, incluso, más allá de las fronteras nacionales, por métodos esencialmente terroristas y donde los anticubanos desempeñaron un papel relevante al servicio de la Dirección de Inteligencia Nacional (DINA)[2] del gobierno militar fascista de Chile.

Los anticubanos se inspiraron en el fascismo de Pinochet para crear organizaciones terroristas como Omega 7,[3] que se identificaron y apoyaron decididamente a los militares fascistas. Concibieron que estos pudieran patrocinar sus objetivos de derrocar a la Revolución. Los golpistas lucharon contra la democracia en el Cono Sur de América Latina, y aspiraron a que ese movimiento se pudiera extender más allá de sus fronteras y alcanzar el Caribe.

Si bien la relación de los anticubanos con los golpistas chilenos fue estrecha y de mutua conveniencia, no fue la única alianza, se registra el nexo de estos con la Dirección de Servicios de Inteligencia y Prevención (DISIP) de Venezuela, dominada en la primera parte de los años setenta por operativos de origen cubano con anteceden-

[2] Este servicio de Inteligencia fue creado por el Decreto Ley No. 521 de fecha 14 de junio de 1974, nombrándose como su primer director, por Decreto del Ministro de Defensa del 6 de agosto de ese mismo año, al coronel Juan Manuel Guillermo Contreras Sepúlveda.

[3] Organización terrorista creada el 11 de septiembre de 1974, inspirada en el golpe fascista en Chile e integrada por miembros del Movimiento Nacionalista Cubano (MNC).

tes de haber estado al servido de la CIA, en el marco de la llamada *Guerra por los caminos del mundo.*

El libro profundiza en este fragmento de la Operación Cóndor, donde los terroristas de Miami entrenados por la CIA tuvieron —como se demuestra— una activa y decidida contribución, denuncia las decenas de fechorías en los cuales fueron protagonistas, además de las conspiraciones en que participaron, se sumerge en los hechos y extrae las raíces donde emerge con fuerza el nexo criminal con esa internacional del crimen. El origen tiene remota data.

La Operación Cóndor fue un engendro creado por la Agencia Central de Inteligencia de Estados Unidos con la participación de los aparatos de inteligencia de Chile, Argentina, Venezuela, Paraguay, Uruguay, Brasil y Bolivia en coordinación con el Movimiento Nacionalista Cubano (MNC).

Los patrocinadores de esta ofensiva terrorista fueron Richard Helms, entonces director de la CIA y David Atlee Phillips, jefe de la División del Hemisferio Occidental de la agencia, quien además había dirigido una intensa campaña de guerra psicológica. Por Chile, los mencionados Augusto Pinochet y el coronel Manuel Contreras, a los que después se sumaría el dictador argentino Jorge Rafael Videla.

La cabeza rectora de esta tenebrosa organización sería la Dirección de Información Nacional de Chile teniendo en cuenta que su historial represivo, sus garras principales, estarían en el Batallón 601 de la Inteligencia del ejército argentino y la Dirección de Servicios de Inteligencia y Prevención (DISIP) de Venezuela. Su objetivo: el movimiento revolucionario latinoamericano.

Este esfuerzo constituye una denuncia de la participación de los contrarrevolucionarios de origen cubano con asiento en Estados Unidos, quienes ofrecieron sus conocimientos, experiencias y motiva ciones para realizar los actos más infames al servicio del fascismo en una prolongada página oscura del continente.

El estudio se centra en los servicios mercenarios prestados por los terroristas de origen anticubano y los actos realizados por estos en el área o por encargo, en otras. Se destaca la década de los setenta, cuando más activa fue la presencia de grupos de terroristas de Miami en las alianzas ejecutivas de los servicios especiales latinoamericanos contra la democracia en la región, en particular durante la mencionada Operación Cóndor, proyecto diseñado por la DINA, oficializado a finales de 1975 y que sumó a sus homólogos de Paraguay, Uruguay, Argentina, Bolivia y Brasil, aunque otros países tuvieron vínculos puntuales con ese operativo.[4] Todavía en el presente, 30 años después, el Cóndor sigue volando y los terroristas anticubanos mantienen sus vínculos con los fascistas.

Se hace un particular análisis de la Coordinación de Organizaciones Revolucionarias Unidas (CORU), diseño de la CIA para unificar y sistematizar el terrorismo de Estado contra Cuba en América Latina y en otras regiones del mundo. Su surgimiento, desarrollo y accionar de los terroristas en el marco de este engendro y su asociación con las dictaduras militares del Cono Sur. La Operación Cóndor no ha terminado.

[4] Hasta el momento se ha conocido de la participación de Ecuador, Perú y Venezuela en alguna de las tres fases de este engendro criminal.

La guerra por los caminos del mundo

En 1964 grupos fascistas de terroristas anticubanos habían proclamado atentar contra los intereses y personal de Cuba fuera del territorio de Estados Unidos, a esta forma de agresión la denominaron "guerra por los caminos del mundo", sus promotores fueron los terroristas Felipe Rivero Díaz y su segundo el abogado Miguel San Pedro del Movimiento Nacionalista Cubano (MNC)[1] instalado en los estados de Nueva York y Nueva Jersey.

La "guerra por los caminos del mundo" constituyó una escalada de la agresión, nueva modalidad incrementada por la actividad que desplegaban las organizaciones terroristas tradicionales. Si en la década del sesenta se ejecutaron 731 acciones contra las costas y embarcaciones cubanas y 156 actos terroristas en Estados Unidos y otros países, en la década del setenta, esta proporción varió radicalmente a 16 y 279, respectivamente.[2]

Esta nueva estrategia resultó un recurso desesperado para mantener vigente un clima de beligerancia que perdía de manera acelerada sus asideros, después de los reiterados fracasos por imponerse por medio del terror. Esta situación se agudiza con el impacto que en el área tuvo la consolidación del proceso revolucionario en Cuba a

[1] Se fundó en Nueva York en noviembre de 1959. Su plataforma fue desde sus inicios el terrorismo y su filosofía la fascista.

[2] Dato tomado de la investigación realizada por el autor sobre el comportamiento del terrorismo contra Cuba entre 1959 y 1997.

finales de los sesenta, y el avance del proceso de integración de los emigrados a la sociedad norteamericana al apreciar lo definitivo de estos cambios.

El primero de los grupos que asumió, como su principal táctica, esta modalidad terrorista fue el MNC, organización de declarada orientación fascista. Su fundador, Felipe Rivero Díaz, figura dramáticamente pintoresca de la contrarrevolución, era descendiente de una de las familias más renombradas de la oligarquía cubana, para mayor simbolismo los dueños del *Diario de la Marina.*[3]

Rivero participó en la derrotada invasión de Playa Girón y se destacó por ser uno de los pocos invasores que mantuvo una posición consecuente con sus ideas durante las apariciones públicas y el juicio que se les celebró en Cuba. Con este aval, a su regreso a Estados Unidos aglutinó a un grupo de jóvenes residentes, en su mayoría en el noreste de ese país, e hizo un llamado a la conocida "guerra por los caminos del mundo", definiendo así una estrategia de terror contra funcionarios e instalaciones cubanos en el exterior y contra todo aquel que apoyara al gobierno de Cuba.[4]

En diciembre de 1964, uno de los fundadores del MNC, Guillermo Novo Sampoll, fue detenido por disparar con una bazooka contra el edificio de Naciones Unidas mientras hacía uso de la palabra el comandante Ernesto *Che* Guevara. Rivero Díaz fue convicto de un atentado parecido contra la Feria Mundial, Expo 67 en Montreal. Ambos fueron liberados después; Rivero se trasladó a Miami, adoptando el estatus de patricio e ideólogo del fascismo cubano, una corriente favorecida por el golpe de Estado en Chile en septiembre de 1973. Años más tarde, él explicó el impacto que tuvo para ellos este acontecimiento: "Pensé en qué tipo de ayuda los chilenos podían darnos quizás una declaración llamando al MNC la esperanza de Cuba. Chile era nuestro niño lindo, un adorado en la comunidad cubana. Si podíamos lograr que dijera que éramos los mejores, hubiéramos sido los nuevos líderes del movimiento exiliado cubano

[3] El *Diario de la Marina* se distinguió por su comprometimiento con el colonialismo español y por representar los intereses más conservadores de la sociedad prerrevolucionaria.

[4] Rivero Díaz fue criticado por participar en la invasión, ya que los grupos terroristas afines a él abogaban por métodos de lucha más violentos.

(dándole) una bofetada en la cara a nuestros rivales en la comunidad cubana".[5]

Su esperanza no era infundada. El golpe de Estado en Chile fue celebrado por la comunidad cubana enemiga y la fascinación resultó tal que, en 1975, la Asociación de Veteranos de Bahía de Cochinos[6] condecoró a Augusto Pinochet con la Medalla de la Libertad, distinción no otorgada a ningún otro extranjero.[7] El fascismo se extendía por el Cono Sur latinoamericano y los chilenos articulaban una ofensiva de terror a la que se integraron los cuerpos represivos de Argentina, Bolivia, Paraguay y Uruguay, así como grupos paramilitares fascistas de diversos países. Los terroristas cubanos también hallaron un escenario idóneo para sus fechorías en la Operación Cóndor. Un informe del representante del FBI en Argentina en 1976, Robert Scherrer, expresaba que el gobierno militar de Chile mantenía una "relación especial" con los grupos anticastristas cubanos, la cual incluía misiones conjuntas de asesinato. Según este informe, Chile les había ofrecido el tipo de apoyo que les dio la CIA. Las fuentes del FBI describían un programa en el cual la junta chilena se comprometía con el reconocimiento de un gobierno cubano en el exilio, con base en Chile, y suministrar armas, explosivos, entrenamiento y refugio para fugitivos.[8]

El MNC se incorporó a este esquema y participó en varios atentados al servicio del régimen chileno; entre ellos, el asesinato del general Carlos Prats González y su esposa Sofía Cuthbert en Argentina, el intento criminal contra el líder democristiano Bernardo Leighton Guzmán y su esposa Ana Fresno en Roma y el asesinato de Orlando Letelier y Ronni Moffit —el 21 de septiembre de 1976— en Washington cuyos casos se describen en este libro. Este último atentado condujo a la

[5] John Dinges y Saul Landau: *Assassination on Embassy Row,* Pantheon Books, N.Y., 1980, p. 149.

[6] Después del regreso de los miembros de la Brigada 2506 presos en Cuba, se creó la Asociación de Veteranos de Bahía de Cochinos. A esta organización se integraron los participantes en la invasión y otros muchos que supuestamente iban a participar y no lo hicieron por distintas razones. La 2506, como ha seguido llamándosele, se ha involucrado tanto en acciones terroristas, como en actividades sociales y en la política local de Miami.

[7] John Dinges y Saul Landau: Ob. cit., p. 147.

[8] Ídem, p. 265.

detención y condena de tres de los principales operativos del MNC. Otros dos involucrados se dieron a la fuga y vivieron clandestinamente en Estados Unidos por cerca de 15 años. Guillermo Novo[9] y Alvin Ross Díaz, condenados en un inicio a cadena perpetua, apelaron posteriormente la sentencia y fueron puestos en libertad.

Varios grupos terroristas también hicieron contacto con la junta chilena; entre ellos, el dirigido por Orlando Bosch Ávila, un médico pediatra, con antecedentes gangsteriles, que se incorporó tempranamente a la contrarrevolución en actividades del Movimiento Insurreccional de Recuperación Revolucionaria (MIRR), y apoyó a una banda de alzados que operó en el Escambray desde mediados de 1960. Bosch abandonó rápidamente el país para convertirse en su delegado en el exterior. Recibió entonces entrenamiento de la CIA, que lo destinó a operaciones terroristas contra Cuba. No fue incluido en la operación de Bahía de Cochinos y se dedicó a realizar ataques contra las costas y embarcaciones cubanas. En 1966 es acusado de extorsionar a emigrados en Miami y detenido por la policía de Collier Country cuando se le ocuparon seis bombas en el maletero de su auto. En 1968 fue condenado a 10 años de cárcel por disparar una bazooka contra el barco polaco *Polanica*, surto en el puerto de Miami. Estando aún en prisión, funda Poder Cubano, una organización con base en Miami, Nueva York y California, cuyo objetivo expreso fue actuar contra quien apoyara en Estados Unidos negociaciones con Cuba o respaldara otras causas estimadas izquierdistas; entre ellas, la oposición a la guerra en Vietnam. Ese mismo año, Poder Cubano efectuó atentados dinamiteros contra los consulados de España, México, Canadá, Japón y Yugoslavia en Nueva York; contra una agencia de turismo mexicana en Chicago; la embajada cubana en Japón, y colocaron 28 bombas en Miami, entre ellas, en un avión mexicano, en la residencia del cónsul británico, en el consulado chileno, en la oficina de Air Canada y en agencias que enviaban paquetes a Cuba.[10]

[9] Según el detective del FBI Fernando Mata, los hermanos Novo Sampoll fueron también parte del grupo que colocó una bomba en un avión de la línea TWA en Los Ángeles, California.

[10] José Duarte Oropesa: *Historiología cubana*, ed. cit., t. IV, pp. 467-469. Según el propio Duarte, él era el jefe de Poder Cubano en California.

A pesar de esto, Bosch obtiene la libertad condicional en 1972, su salida de prisión coincide con una campaña de reacomodo de la corrupción en la contrarrevolución que tiene una de sus expresiones más violentas en el asesinato de una de sus principales figuras de entonces, José Elías de la Torriente Ajuria, el 12 de abril de 1974 —por lo cual Bosch es interrogado— y la colocación de una bomba en el auto de Ricardo *Mono* Morales, contrarrevolucionario cubano y agente de la CIA, quien resultó ser, además, informante del Buró Federal de Investigaciones y declaró contra Bosch en el juicio en que lo condenaron. Bosch abandona de manera ilegal Estados Unidos y crea la organización terrorista Acción Cubana. Inmediatamente inicia una campaña para recaudar 10 millones de dólares, tres de ellos estarían destinados a pagar una recompensa para quien asesinara a Fidel Castro.

En 1974 Bosch es acogido y protegido por Posada Carriles y otros cubanos en la DISIP en territorio venezolano a condición de que no realizara actos criminales. El terrorista, ante la reanudación de las relaciones diplomáticas entre Venezuela y Cuba, ordena detonar bombas y por ese motivo es detenido, acusado de realizar acciones terroristas en ese país. El gobierno venezolano dispone su deportación a Estados Unidos, por ser prófugo de su justicia, pero ese país no lo acepta. Bosch es liberado, viaja a Curazao y de ahí a Chile, adonde arriba el 3 de diciembre de 1974.

El testimonio de uno de sus colaboradores describe este proceso: "El contacto de Bosch con los chilenos se hace a través de los hermanos Novo, los que junto con Bosch y Dionisio Suárez viajan a Chile. Cuando Bosch sale de la cárcel en Estados Unidos, plantea pasar inmediatamente a la clandestinidad, cosa a la que inicialmente me opuse, porque en realidad no estaba siendo perseguido por nadie. No obstante, Bosch argumentó que hacerlo así tenía más impacto y en definitiva colaboro con su traslado a Puerto Rico y más tarde en avión a Santo Domingo, posteriormente creo que fue a Bahamas y de allí a Venezuela y a Chile. En todo ese tiempo la organización lo estuvo manteniendo, le enviábamos 1 500 ó 2 000 dólares mensuales y él, por sus vías, se buscaba otra cantidad. Lo visité en Chile y me disgustó la forma como vivía, tenía un apartamento caro e incluso había contratado una criada que vivía en la casa, junto con la esposa y una muchacha que supuestamente trabajaba en el Ministerio de Relaciones Exteriores chileno. A Chile habíamos ido a discutir el problema de los gastos y la actuación inconsulta de Bosch respecto al resto de la organización".[11]

Cuando en la anterior administración de Gerald Ford se había iniciado un proceso de conversaciones secretas entre representantes de ambos países para distender sus relaciones[12] la contrarrevolución reaccionó de inmediato, y fue, ya avanzados los años setenta, con el paso de la administración norteamericana de James E. Carter, que se orientó a mejorar las relaciones con Cuba. Este probable cambio podía afectar no solo a los grupos terroristas más activos, sino a toda una infraestructura política al servicio de los intereses de la mayoría de la burguesía cubanoamericana, así como a los sectores reaccionarios dentro de Estados Unidos comprometidos e interesados por el derrocamiento de la Revolución.

Por ello, a partir de ese momento, el terrorismo —siempre en función coercitiva hacia el resto de la comunidad emigrada— hará de este objetivo su principal prioridad, reflejando el origen de un nuevo momento político que tendrá su elemento distintivo en la competencia por el dominio de la emigración. Aun cuando no se producen cambios radicales en la composición de las organizaciones, el terrorismo estará integrado entonces a la lucha que enfrenta el movimiento contrarrevolucionario por su propia supervivencia y será un elemento que se incorpora a la irrupción de los cubanoamericanos en la política estadounidense.

Los antecedentes de la presencia de terroristas anticubanos al servicio de la CIA para asesorar, entrenar y participar en la represión de los movimientos revolucionarios en América Latina tienen su ori-

[11] Testimonio de Duney Pérez Álamo dado al doctor Jesús Arboleya, el 7 de junio de 1995. Pérez Álamo fue uno de los principales jefes de Acción Cubana. En CIHSE.

[12] Estas conversaciones concebidas por Henry Kissinger, no estaban destinadas a un reconocimiento de la Revolución y su derecho a existir, sino se incluía en factores de geopolítica norteamericanos diseñados para debilitar a la entonces unidad del campo socialista. Se había producido la derrota en Vietnam y Richard Nixon había iniciado conversaciones con la República Popular China, en el marco de la política del "ping-pong".

gen en el programa de contrainsurgencia diseñado en la década de los sesenta por esa agencia con el empleo de mercenarios de origen cubano. El entonces fiscal general de Estados Unidos, Robert Kennedy, controló este operativo destinado a enviar asesores norteamericanos para fortalecer los órganos represivos de países de América Latina, que expresaran temor por la influencia de la Revolución Cubana en sus territorios.

Un caso representativo es el del criminal Félix Rodríguez Mendigutía, quien perteneció a la Brigada 2506 y, después de la derrota de la invasión, la CIA lo reclutó para el mencionado proyecto, lo envió al Congo, después a Bolivia, estuvo en Perú y luego de servir en dos ocasiones en Vietnam, fue destinado a Argentina donde estuvo de asesor del general Tomás Sánchez de Bustamante,[13] quien fuera el comandante general del Primer Cuerpo de Ejército argentino, con sede en Buenos Aires. Rodríguez Mendigutía, estuvo en Argentina hasta julio de 1974, donde dejó sembradas sus experiencias represivas y el adiestramiento recibido para combatir a los "marxistas" como él calificaba a todos los que luchaban por mejoras sociales en la región.

Durante las últimas cuatro décadas del siglo XX y la iniciada del XXI otros grupos de extremistas cubanos han enarbolado esa tendencia para su ataque contra la Revolución, tal es el caso de la mencionada Acción Cubana —organización creada y dirigida por Orlando Bosch a principios de los setenta— para sacar el terrorismo del territorio estadounidense, realizó actos de terror en Venezuela, Colombia, Perú, Chile, Argentina y en otros países latinoamericanos; también la Coordinación de Organizaciones Revolucionarias Unidas (CORU), alianza terrorista promovida por Bosch como "sombrilla" para sus acciones y que integró a varias organizaciones con esas condiciones que reunidas en República Dominicana juraron llevar el terror por todos los continentes.[14]

Mientras Acción Cubana, dentro y fuera de los Comandos de Organizaciones Unidas, agredía a la Revolución; en Estados Unidos

[13] El general Tomás Sánchez de Bustamante había sido embajador de Argentina en Vietnam, donde conoció a Rodríguez Mendigutía y solicitó sus servicios a la CIA.

[14] Véase "La Operación CORU" en este mismo libro, p. 68.

operó con letal eficacia Omega 7.[15] Hombres del MNC con vasta experiencia en el terror crearon sus grupos operativos para atentar contra intereses de Cuba, de emigrados que viajaban a la isla y de países relacionados con la misma. Entre 1974 y 1983 realizaron 63 ataques con bombas y varios asesinatos. Según documentos desclasificados del Buró Federal de Investigaciones, Omega 7 era una prolongación especializada del MNC.

Entre 1973 y 1976, el FBI investigó 103 atentados dinamiteros y seis asesinatos cometidos por estos grupos en Estados Unidos.[16] Estudios aún no concluidos reportan que, en la década del setenta, las organizaciones terroristas cubanas ejecutaron al menos 279 acciones en diversas partes del mundo, más de la mitad —144— dentro del territorio norteamericano.[17] Cuando la administración Carter replanteó el propósito de mejorar las relaciones con Cuba y un sector importante de la comunidad cubana apoyó esta política, el 68 % de las acciones realizadas ocurrieron dentro del territorio estadounidense y en estos cuatro años, se produjeron el 58 % de los actos terroristas de la década.[18] Según cálculos del FBI, aunque en este período solo unas 200 personas estuvieron involucradas en estas acciones, llegaron a constituir la red terrorista más peligrosa de cuantas operaban en esa nación.[19]

[15] Considerada según estudios del FBI entre 1977 y 1983 como la más violenta dentro del territorio norteamericano.

[16] Félix R. Masud-Piloto: *With Open Arms. Cuban migration to the U.S.*, Rowman and Littlefield, New Jersey, 1988, p. 77.

[17] José Luis Méndez: *El terrorismo de origen cubano. 1959-1997*, Tesis doctoral, MES, La Habana, 1998.

[18] Ídem.

[19] Carlos Forment: *Caribbean Geopolitics and Foreign States-Sponsored Social Movements: The case of Cuban Exile Militancy*, ob. cit., p. 86.

Los primeros acercamientos

Uno de los próximos pasos que la CIA decidió dar junto con la DINA fue seleccionar y trasladar a un grupo de connotados terroristas de Miami. Entre los escogidos, con amplia trayectoria criminal, estaban Orlando Bosch Ávila, Guillermo Novo Sampoll, Virgilio Paz Romero, José Dionisio Suárez Esquivel, Alvin Ross Díaz y otros contrarrevolucionarios cubanos, los que salieron hacia Chile para recibir entrenamiento en el manejo de explosivos y en otras técnicas que les permitirían cumplir tareas de la Operación Cóndor.

El comienzo de estas relaciones con los planes del militar chileno Manuel Contreras Sepúlveda data de las visitas de Orlando Bosch[1] a Santiago de Chile entre diciembre de 1974 y febrero de 1975, cuando el coronel Pedro Espinosa fue designado oficial de enlace entre la DINA y la contrarrevolución anticubana. Se negoció con el dictador Augusto Pinochet y Contreras el entrenamiento de miembros del MNC a cambio de apoyo a las operaciones encubiertas de la DINA en el extranjero. Bosch llegó a participar personalmente en operaciones de esta última con un pasaporte oficial chileno a nombre de Héctor Davanzo Cintolesi.[2]

El documento del FBI 185-419, fechado el 2 de mayo de 1975, certifica la presencia de Bosch y el viaje de Guillermo Novo a Chile.

[1] Durante su estancia en Chile, el terrorista Orlando Bosch conoce y se casa con la chilena Adriana Delgado Sepúlveda, con quien vive actualmente en Miami.

[2] Se utilizaron los datos del capitán de fragata Davanzo Cintolesi, comandante del buque escuela *Esmeralda*.

El memorando redactado por el agente especial Thomas F. Dowd y dirigido al Director del FBI en Washington expresa que por fuentes propias conocieron que Novo había viajado a Santiago de Chile en diciembre de 1974 para entrevistarse con Bosch, añadía que lo había hecho con un pasaporte, presumiblemente falso y facilitado por los militares chilenos.

El motivo del viaje era entrevistarse con el mencionado terrorista y con miembros de la junta fascista chilena. El informe aseguraba que esa agencia le estaba dando seguimiento priorizado a los movimientos de Novo, debido a la activa participación de este y el MNC en actividades terroristas.

En febrero de 1975, Bosch —clandestino desde el verano anterior— fue presentado en el Canal 23 de la televisión de Miami, en una entrevista que le hiciera "en algún lugar de Sudamérica" el periodista Esteban Lamela. La filmación en blanco y negro duró unos cinco minutos y técnicamente resultó ser una dudosa y mala película. En esa ocasión Bosch se manifestó decidido a no detenerse hasta que cayera Fidel Castro, adelantó que se iban a llevar a cabo importantes acciones y que el objetivo final de su lucha era producir acontecimientos dentro de Cuba que sacudieran la nación y que finalmente produjeran la eliminación física del máximo líder de la Revolución Cubana.

Meses después, en octubre, tuvo lugar una reunión en las oficinas de la DINA en Santiago de Chile. Los asistentes fueron los jefes de las inteligencias militares de Argentina, Brasil, Paraguay y Uruguay. Un representante especial de la Agencia Central de Inteligencia de Estados Unidos actuaba como "observador".

El objetivo central de esta tenebrosa cita consistía en coordinar las actividades de espionaje y represión contra el movimiento revolucionario en el Cono Sur, así como enfrentar la influencia de Cuba en el hemisferio y apoyar internacionalmente a los terroristas de origen cubano en sus operaciones contra la isla. De esta forma se encubría el accionar de la CIA, cuya autoridad y prestigio se encontraban muy afectados por el escándalo Watergate.[3] Un mes más tarde, Contreras

[3] No solo los terroristas anticubanos participaron en alianza con los fascistas. Frank Sturgis, agente de la CIA de largo historial en las operaciones encubiertas de esa agencia, participa en un operativo que asaltó la embajada de Chile en Washington durante el gobierno de la Unidad Popular entre 1971 y 1973. En ese hecho participan otros operativos de la CIA de origen cubano como Bernard Baker,

recibió a Benito Guanes Serrano[4] y al jefe de la policía paraguaya Francisco Brites. Juntos organizaron la Operación Cóndor.

Auspiciada por Guanes Serrano y con la asistencia de oficiales argentinos y paraguayos, la Segunda Reunión Bilateral de Inteligencia ajustó los mecanismos de inteligencia e intercambio de prisioneros. Guanes Serrano le informó al presidente de Paraguay, Alfredo Stroessner, que la primera fase era el intercambio de Inteligencia sobre exiliados políticos. La segunda fase correspondería a la identificación del objetivo y la tercera al secuestro y a transferir al objetivo a su país de origen.

El intercambio de prisioneros tendría lugar directamente entre los servicios de Inteligencia, con los agregados militares de las embajadas actuando como enlaces. Estos mismos agregados eran el conducto a través del cual se enviaban las informaciones secretas, que para proceder con impunidad estos podrían actuar con inmunidad en todos sus actos. Muy parecido a lo que reclama Estados Unidos actualmente para sus militares invasores.

Contreras informó a sus homólogos de los países señalados que para los trabajos más riesgosos, debido a los lugares donde deberían ejecutarse, a la inevitable repercusión que provocarían, así como a la persecución a la que serían sometidos sus ejecutores, la Operación Cóndor contaría con contrarrevolucionarios cubanos, gente decidida y con vasta experiencia en operaciones paramilitares, reclutados y entrenados por la CIA desde principios de la década del sesenta.

A diferencia del poder paramilitar estadounidense, la Operación Cóndor no reconocía ningún tipo de limitaciones, no estaba sujeta a los controles de un gobierno, no tenía capacidad para involucrar a toda la superestructura, ni siquiera tenía que justificar que el terrorismo de Estado se convirtiera en un fin. Los hombres de la Operación Cóndor, sabían administrar el secreto y como profesionales del

---

Eugenio Martínez Careaga, Virgilio González, todos serían después los llamados "plomeros" de Watergate. El 15 de mayo de 1972, un grupo de 5 delincuentes al servicio del gobierno de Nixon, en su mayoría de origen cubano, se introdujo ilegalmente en la sede del Cuartel General del Comité Nacional Demócrata, para sustraer documentos de la campaña electoral. Al ser descubiertos se convirtió en un escándalo denominado Watergate. Este hecho originó la renuncia posterior del entonces presidente Richard Nixon, al admitir esa acción.

[4] Véase documento constitutivo adjunto.

crimen estaban preparados para mentir y jurar que actuaban por cuenta propia sin participación estatal alguna.

Fueron varios los grupos de terroristas anticubanos que buscaron en la alianza con los fascistas chilenos una vía para obtener recursos y medios para sus acciones, también la DINA explora e hizo contactos con grupos en Miami, como Alpha 66, el Frente de Liberación Nacional Cubano (FLNC), los Jóvenes de la Estrella y promueven el apoyo para la junta. Uno de los miembros de la DINA identificado fue Julio Solórzano Guicelure, quien decía ser su representante en Miami e hijo de un coronel y alto funcionario de esa agencia. Solórzano durante su estancia proselitista residió en la casa del terrorista Juan González, quien estaba al frente de la mencionada banda Jóvenes de la Estrella, ejecutora de peligrosos actos de terror en Estados Unidos.

La ayuda recabada no solo era política como la creación de la llamada Unión de Juventudes Latinoamericanas Anticomunistas, sino operativa para que los terroristas participaran en eliminar a sus adversarios que en varios países de América Latina habían organizado movimientos de solidaridad antifascista.

El grupo terrorista de Ramiro de la Fe, fue de los primeros en querer acaparar la ayuda de los fascistas chilenos. En 1968, fue detenido por las autoridades norteamericanas cuando trató de secuestrar un buque de bandera panameña en altamar con la intención de utilizarlo en operaciones contra Cuba. Se fugó cuando estaba bajo fianza en espera del juicio, para evadir la acción de la justicia, pero fue apresado y sancionado a cinco años, de los cuales cumplió tres. En mayo de 1972 fue liberado.

De inmediato se autoerigió como enlace entre los contrarrevolucionarios y la junta chilena por medio del periodista Pedro Ernesto Díaz, quien al salir de la cárcel lo puso en contacto con chilenos residentes en Miami que eran opositores a la Unidad Popular y después del golpe con los diplomáticos de Chile en Miami.

De la Fe constituyó, junto a algunos miembros de la organización terrorista Joven Cuba,[5] el llamado Comité Pro Chile, con el objetivo

[5] Grupo de terroristas anticubanos que desde 1972 realizó atentados contra representaciones diplomáticas y comerciales de Cuba en el exterior, como fue la

de hacer propaganda favorable a la junta entre la colonia de inmigrantes latinoamericanos residentes en Estados Unidos.

En noviembre de 1973, visitó Miami el coronel chileno Eduardo Sepúlveda,[6] allegado al dictador Augusto Pinochet y recién nombrado director de la televisión oficialista de Chile, quien ejercía, además, las funciones de asesor de relaciones públicas de los golpistas. En esa ocasión De la Fe se entrevistó con Sepúlveda, quien le solicitó que los contrarrevolucionarios cubanos ayudaran a los norteamericanos a entender los cambios políticos ocurridos después del golpe en Chile.

Sepúlveda añadió que los militares tenían muchos enemigos, que estaban promoviendo acciones contra el régimen y la prolongación de la junta dependía de la legitimidad de sus actos a nivel internacional, a cambio el coronel le aseguraba que si se lograba su consolidación en el poder, ellos, los cubanos, podían confiar en que recibirían la ayuda militar necesaria.

Los nexos entre los terroristas anticubanos y los golpistas chilenos se inician y desarrollan de inmediato, los contactos se producen entre representantes del mencionado MNC, Guillermo Novo y Felipe Rivero[7] y Acción Cubana de Orlando Bosch, ocurren desplazamientos de los terroristas anticubanos hacia Chile y se insertan activamente en la emergente Operación Cóndor. Además de las acciones que ejecutan contra Cuba y otros países que mantenían relaciones con la isla en numerosos países de la región, los terroristas anticubanos ejecutan actos por interés de la DINA y el Servicio de Inteligencia de Estado (SIDE) de Argentina.

La DINA, la agencia represiva directriz de Cóndor, tenía sus propios procedimientos de adiestramiento, de jerarquía y obedien-

---

bomba colocada en la Oficina Comercial de Cuba en Canadá y los intentos por volar la embajada cubana en París, Francia. Véase en este libro participación de Joven Cuba en actos terroristas en Europa con la participación de Michael Townley.

[6] Sepúlveda se había entrevistado el 23 de octubre de 1973 con el contrarrevolucionario Manuel Manolo Reyes Xiqués, para solicitarle que desde su posición de comunicador tratara de influir en la opinión pública norteamericana para que tuviera mejor "comprensión del problema chileno".

[7] Townley declaró que él accedió a Rivero Díaz por medio de un terrorista croata que lo conocía. Rivero le dijo que él era el político del MNC, pero quien se encargaba de la parte terrorista era Guillermo Novo Sampoll. El primer encuentro fue con Novo, Armando Santana Álvarez y Dionisio Suárez.

cia a la autoridad, la idiosincrasia de una organización en proceso de crecimiento y sus propios directivos. En cierto modo semejante a la CIA, la DINA exigía un juramento de silencio y lealtad. A mediados de 1974, contaba con 600 agentes militares y empleados civiles, estos últimos eran el 20 % del total, la mayoría reclutados en los barrios bajos entre asesinos y criminales. Ya en 1977 estaba compuesta por unos 9 300 agentes e informantes que rastreaban a opositores en todos los rincones de Chile y en el extranjero. Para la DINA, Argentina representaba un especial desafío pues comparte más de 4 500 kilómetros de frontera con Chile, en su territorio operaba un movimiento guerrillero y tenía el mayor grupo de exiliados chilenos en 1974.

Un homólogo argentino, el Batallón 601, tenía la misión de reprimir a los militantes del Ejército Revolucionario del Pueblo (ERP) y los Montoneros, así como la captura de los revolucionarios latinoamericanos que se refugiaran en su territorio.

Cuando ya la alianza entre los fascistas sudamericanos y los cubanos de Miami había comenzado a actuar y tener sus propios logros, en Estados Unidos se comenzaron a sentir los efectos. El 8 de mayo de 1976 sesionó una audiencia ante el Sub-Comité Judicial para investigar el terrorismo en el área de Miami, comparecieron funcionarios de varios órganos encargados de perseguir el delito en la Florida. Uno de ellos, el teniente Thomas Lyons, del Departamento de Seguridad Pública del condado Dade, Florida. Este dijo: "Tengo un informe del 1 de abril de 1974, donde dice Ike Flores, de la AP, haber entrevistado a un líder de Acción Cubana. Este afirmó que esa organización ha atacado propiedades del gobierno cubano en México, Perú y Chile en las últimas semanas. Añadió que las campañas de violencia se extienden para incluir a países, individuos y agencias que tengan que ver con la isla comunista".[8]

Otro de los comparecientes, el detective Raúl J. Díaz, dijo: "Quisiera referirme primero, a que Acción Cubana, ha sido identificada por fuentes confidenciales como resultado del grupo Poder Cubano de 1968. El líder de ese Poder Cubano fue identificado entonces como

[8] Tomado de la Audiencia, página 11 de la versión en español que obra en el archivo del autor.

el Dr. Orlando Bosch Ávila".[9] Díaz añadió: "El Dr. Orlando Bosch, el pediatra cubano exiliado convertido en terrorista anda errante por América Latina, después que sus captores venezolanos lo soltaron y Estados Unidos anuló sus cargos contra él. Estos cargos se refieren a las actividades terroristas del Dr. Bosch en 1968 en el área de Miami, que incluían bombas y extorsión".[10]

Díaz leyó bajo juramento y ante el Sub-Comité, parte de un artículo del *Miami Herald,* donde se afirmaba que Bosch había sido entrevistado, en Curazao, por el periodista de origen cubano radicado en Miami, Oscar Ibarra, donde declaró que estaba custodiado por un grupo de chilenos, tenía abundante dinero y parecía tener acceso a la influencia política.

[9] Ídem, p. 26.
[10] Ídem, p. 27.

La Operación Cóndor[1]

Sobre la Operación Cóndor se insiste con fuerza en que fue un engendro creado por la Agencia Central de Inteligencia de Estados Unidos con la participación de los correspondientes aparatos de Chile, Argentina, Venezuela, Paraguay, Uruguay, Brasil y Bolivia y con el Movimiento Nacionalista Cubano.

Los patrocinadores de esta ofensiva terrorista fueron Richard Helms, entonces director de la CIA, y David Atlee Phillips, jefe de la División del Hemisferio Occidental de la agencia, quien además había dirigido una intensa campaña de guerra psicológica. Por Chile, los mencionados Augusto Pinochet y Manuel Contreras, a los que después se sumaría el dictador argentino Jorge Rafael Videla.

La cabeza rectora de esta tenebrosa organización sería la Dirección de Información Nacional de Chile teniendo en cuenta su historial represivo, y sus garras principales estarían en el Batallón 601 de la Inteligencia del ejército argentino y la DISIP de Venezuela. Su objetivo: el movimiento revolucionario latinoamericano.

[1] Uno de los antecedentes históricos sobre el empleo del término Cóndor para operaciones punitivas lo encontramos en la Legión Cóndor, cuerpo voluntario de aviación organizado por el mariscal nazi Hermann Wilhelm Goering para ayudar a los franquistas en España. Esta legión desfiló triunfante ante el führer Adolfo Hitler el 6 de junio de 1939. Tomado de *Crónica Militar y Política de la Segunda Guerra Mundial,* "El Ajuste de Cuentas", p. 63, Vol. 7, Editorial Sarpe, SARPE, España, 1978.

Esta operación ya se había desarrollado y extendido por varios continentes, cuando en Buenos Aires, Robert Scherrer —agente secreto del FBI para Argentina, Chile, Bolivia, Paraguay y Uruguay—, mencionó en sus informes a los superiores el código clave Operación Cóndor en una comunicación inmediatamente después del asesinato del chileno Orlando Letelier, en el centro de Washington. Existe la convicción de que este funcionario de esa agencia norteamericana había estado al tanto del proceso que concibió y desarrolló la coordinación letal. No es posible que sus accesos y fuentes dentro de los servicios especializados de los países involucrados no hayan filtrado de forma oportuna referencias sobre este accionar aliado. El asesinato de Letelier fue el detonante de lo que acontecía, era imposible retener por más tiempo lo que debió haber estado informando a sus jefes. Esa era la razón de ser en su cargo, no haberlo hecho habría puesto en duda su capacidad y habilidad para el puesto.

El agente entonces elaboró qué decir. Informó que un funcionario de Inteligencia argentino le había mencionado la existencia de una "operación salvaje" para eliminar opositores, en la que participaban varios países del área.

Scherrer realizó la siguiente declaración: "Durante 1976 yo, Robert W. Scherrer, agente especial de la Oficina Federal de Investigaciones, establecí la siguiente información acerca de la Operación Cóndor: Operación Cóndor es el nombre clave para la recopilación, intercambio y acopio de datos de inteligencia referentes a comunistas y marxistas, que fue establecida a fines de 1975 entre los servicios de Inteligencia cooperantes en América del Sur, a fin de eliminar a terroristas marxistas y sus actividades en América del Sur. Además, la Operación Cóndor prevé operaciones conjuntas contra "blancos" terroristas en países miembros de la Operación Cóndor. Durante 1976, Chile constituyó el centro para la Operación Cóndor y, además de Chile, sus miembros en ese entonces incluyeron ciertos otros países en América del Sur".[2]

Esta operación, como se ha mencionado, tenía tres fases, la tercera consistía en operaciones a realizarse más allá de los límites continentales. Eso significaba que la colaboración entre los aparatos

[2] Esta definición está contenida en un documento que obra en archivo del autor.

represivos de las dictaduras escapaba de todo control. En el asesinato del general chileno Carlos Prats González, esa colaboración había logrado un grado significativo de complejidad: la vigilancia e información sobre las rutinas del general chileno habían sido aportadas por la SIDE (Secretaría de Inteligencia del Estado); la parte final de la planificación del atentado se realizó en Montevideo, que operó como retaguardia; el equipo ejecutor estuvo dirigido por chilenos. La preocupación de Scherrer consistía en que sus informaciones vinculaban la fase tres de la Operación Cóndor con Portugal y España, donde los servicios de Inteligencia habían detectado en octubre de 1975 —en ocasión de los funerales de Francisco Franco— reuniones entre Pinochet, Contreras y miembros de la Triple A argentina. Ahora, el asesinato de Letelier introducía a Estados Unidos como escenario de las incursiones de la DINA y dentro de la operación a los terroristas anticubanos como operativos en el terreno que ellos conocían muy bien.

Sobre esta operación se encuentra en poder del Estado argentino la copia autenticada por el Departamento de Justicia del gobierno de Estados Unidos de la comunicación cursada por el agente regional del Buró Federal de Investigaciones, Robert Scherrer, dando cuenta a su Director General de la concertación de la Operación Cóndor. En ese memorando, él sintetiza el proceso original, sus gestores, partes intervinientes, organización, objetivos y la metodología para echar a andar ese engendro. Fue toda una revelación, pero los hechos demuestran que esta iluminación operativa presentada por el especialista careció de novedad o fue así como quiso ser presentada.

Scherrer era estimado como un funcionario diestro, preparado, con oficio para el cargo que ocupaba, su misión principal era alertar, predecir, buscar y obtener información de futuro y no enviar a sus superiores en Washington la historia de lo acontecido. En este escenario, cómo creer que se hubiese urdido toda la espesa madeja de cooperación entre operativos de varios países y este agente del FBI, solo hubiese dado en el blanco cuando ya todo era de dominio público.

Otro factor parece incuestionable, la CIA había tenido un papel decisivo en el derrocamiento de la Unidad Popular, miles de documentos hoy revelados así dan fe. La depuración en los servicios especiales chilenos había estado bajo la lupa de la estación de esa agencia en Santiago. Es imposible concebir que copias de los informes de las operaciones realizadas dentro y fuera de las fronteras nacionales de varios países del área, no fuesen escrutados por funcionarios y analistas de Langley.

El Director de la DINA —desde octubre de 1975— invitó a los homólogos paraguayos a la primera reunión de intercambio de experiencias. El encuentro tuvo lugar en Santiago de Chile, del 25 de noviembre al 1ro de diciembre de 1975. En la invitación Contreras señaló: "[...] que la reunión pueda ser la base de una excelente coordinación y un mejor accionar en beneficio de la seguridad nacional de nuestros respectivos países". Fueron invitados representativos de otros gobiernos militares de América Latina.

Antes de este llamado ya los órganos represivos de Chile venían cooperando con las dictaduras de Uruguay, Paraguay, Brasil y Argentina. El mencionado asesinato de Prats González en Buenos Aires —el 30 de septiembre de 1974— es uno de los ejemplos de cooperación más activa a la que convocaba Contreras. Esto ocurre mucho antes de las revelaciones de Scherrer, lo cual evidencia cuán al tanto debió haber estado él de lo que sucedía en su área de trabajo.

Los países fundadores fueron Chile, Argentina, Uruguay, Brasil, Paraguay y Bolivia. La sede central era la DINA o conocido como Cóndor 1. En sus inicios sus objetivos eran la obtención, intercambio y ordenamiento de la información de Inteligencia sobre los llamados "izquierdistas", comunistas, marxistas, para eliminar sus actividades en Sudamérica. Se extendía más allá de la recopilación y procesamiento informativo para realizar misiones operativas conjuntas contra "blancos terroristas", entiéndase contra todo aquel que disintiera o luchara contra las dictaduras militares que dominaban en los países concertados.

Argentina, Uruguay y Chile se comprometieron en operaciones conjuntas contra sus enemigos comunes y comenzarían a actuar en el primer país. Esta internacional de la represión y el crimen estableció principios metodológicos especiales como la creación de equipos operativos de los países miembros, que serían enviados con total licencia al territorio de cualquiera de ellos, después comandos especializados en eliminación de adversarios que traspasaran sus fronteras nacionales para operar en otros continentes donde fuesen localizados sus "blancos", para imponer las acciones punitivas que llegaron con frecuencia hasta el asesinato.

Según obra en el documento 00022F 0152 —nomenclatura bajo custodia de la Corte Suprema de Justicia de Paraguay, de fecha 25 de septiembre de 1975— el entonces director de Inteligencia Nacional de la DINA de Chile, coronel Manuel Contreras, agradeció al entonces jefe de Investigaciones de Paraguay, Pastor Coronel, "[...] la cooperación prestada para facilitar las gestiones relativas a la misión que debió cumplir mi personal en la hermana República del Paraguay [...]".[3]

Daba inicio así a la primera acción de la flamante Operación Cóndor, detrás del agradecimiento se encontraba el caso de Jorge Isaac Fuentes Alarcón, secuestrado y torturado en Paraguay, conducido clandestinamente a Chile, donde desapareció.[4] En el periódico *La Nación,* con fecha 8 de agosto de 1999, apareció un extenso artículo de denuncia donde se dan pormenores sobre ejecutores, circunstancias, lugar y tiempo en que se produjo esta "colaboración".

La génesis de este engendro aparece en el documento 00022F 0153 en la misma ubicación, de fecha octubre de 1975, donde el coronel Contreras, invita al jefe de la policía de la República de Paraguay, general de división Francisco Alcides Brites Borges, a una reunión de Inteligencia Nacional. De esa reunión surgió el compromiso constitutivo titulado "Documento del primer encuentro de Inteligencia Nacional realizado en Santiago de Chile en octubre de 1975". Esta prueba de la alianza letal aparece registrado en los "Archivos del Terror" de Asunción, Paraguay, con el código 00022F 0156. Se establecieron las bases del intercambio informativo y operativo.[5]

Lo que hoy se atesora en el piso 8 de la Corte Suprema de Justicia de Paraguay conocido generalmente como "Archivos del Terror" comenzó cuando en la mañana del 22 de diciembre de 1992

[3] Facsímil del documento mencionado, en poder del autor.

[4] Fuentes Alarcón fue dirigente del MIR de Chile, periodista, entregado a la DINA e internado en Villa Grimaldi, centro clandestino de detención en Chile.

[5] El general (r) Manuel Contreras afirma que ese documento fue falsificado y que la Operación Cóndor no existió, los medios de comunicación y el mencionado Robert Scherrer, según Contreras, le dieron vida.

—el juez paraguayo José Fernández junto al profesor y ex prisionero político Martín Almada— es allanado el Departamento de Producciones de la Policía, situado en la ciudad de Lambaré, a 4 *km* de Asunción, Paraguay, para buscar los archivos policiales de Almada. Lo que encontraron en su lugar fueron miles de documentos que revelaban décadas de historia sobre la represión en Paraguay y otros países. También encontraron registros de la cooperación de la inteligencia estadounidense con las dictaduras de la región, incluida la paraguaya.

Esos documentos, tal como fueron conocidos desde entonces, se han convertido en una clave para descifrar la historia reciente de América Latina. Los archivos detallan el destino de cientos, quizá miles, de latinoamericanos secretamente secuestrados, torturados y asesinados por los regímenes derechistas de los años setenta. También ofrecen una pista en papel que confirma la existencia de una conspiración entre los servicios de Argentina, Bolivia, Brasil, Chile, Paraguay y Uruguay para rastrear y eliminar a los adversarios políticos con independencia de las fronteras nacionales. Ahora es posible completar el esbozo del Operativo Cóndor, tal como se conocía a esta red ilícita. En Paraguay es el país donde único se han descubierto y desclasificado documentos sobre esta página oscura de América Latina, aunque aún faltan por aparecer.

En junio de 1977, Robert Scherrer, entonces agregado de Asuntos Legales de la embajada de Estados Unidos en Buenos Aires, envió a la Dirección Nacional de Asuntos Técnicos de Paraguay, más conocida como la "Técnica", una nota donde recababa información sobre el ciudadano cubano Raúl Valentín Quintana quien, según el FBI, era sindicado de pertenecer a la Seguridad de Cuba, se aportaban datos personales del investigado y se pedía antecedentes sobre su persona. Solicitud similar fue enviada al Departamento de Investigaciones de la Policía de Paraguay, dirigido entonces por Pastor Coronel.[6]

[6] Obra en el archivo del autor el documento remitido por Scherrer a las agencias paraguayas.

El Cóndor vuela a Europa

Volar la embajada de Cuba en París

Un hecho que confirma la complicidad entre los terroristas anticubanos y Michael Townley, es el intento reiterado de volar la embajada de Cuba en París, Francia, que aparece descrito en el libro *Death in Washington,* de Freed y Simon Landis. Los autores narran cómo el norteamericano y los terroristas de Miami, Aldo Vera Serafín y Juan Felipe de la Cruz Serafín, se unieron para colocar una bomba contra ese objetivo en agosto de 1973.

El terrorista Aldo Vera Serafín,[1] había tenido participación en la lucha clandestina durante la insurrección en Cuba, al triunfo de la Revolución había dirigido el llamado Buró de Investigaciones Revolucionarias, después abandonó esas filas y se integró a los grupos terroristas de Miami. Organizó el llamado Movimiento Anticomunista Panamericano (MAPA), al cual perteneció Otto Wills García, vinculado a la CIA. Vera fue tripulante del barco *Tejana* de la CIA, que realizó infiltraciones contra el territorio cubano. La pertenencia a la agencia es precisa.

Juan Felipe de la Cruz colocó la bomba preparada con explosivos plásticos en la oficina comercial de Cuba en Montreal, el 4 de abril de 1972, que estalló y asesinó al diplomático cubano Sergio Pérez

[1] Como resultado de las pugnas internas Vera Serafín fue ultimado el 26 de octubre de 1976 en San Juan, Puerto Rico.

Castillo y resultaron heridos por la detonación siete funcionarios[2] de la sede. La acción se la acreditó el grupo terrorista Joven Cuba, liderado por Antonio *Tony* Calatayud Rivera. Este acto de terror fue uno de los primeros en ser ejecutados en el marco de la llamada ofensiva terrorista "guerra por los caminos del mundo", que los grupos fascistas anticubanos urdieron para aumentar el terror contra Cuba y sus intereses en el exterior.

De la Cruz, después de este acto cobró notoriedad en el medio terrorista de Miami, era contratado para colocar bombas. El terrorista Enrique Encinosa, registra así su historial: "Juan Felipe de la Cruz Serafín era una de las figuras centrales en el nuevo proceso de lucha armada contra el castrismo. El joven de 28 años, comentarista de radio y dirigente político en Hialeah, había comenzado sus actividades conspirativas cuando era un adolescente, colocando en 1960 un petardo en la exhibición soviética en La Habana. Desde su llegada al 'exilio' estuvo en diferentes actividades políticas y comunitarias, tratando de crear un nuevo Directorio Revolucionario con Tony Calatayud".[3]

A finales de julio de 1973, Juan Felipe llegó a España, de donde cruzó la frontera francesa para dirigirse a París. El objetivo del viaje era atentar contra el Comandante de la Revolución Ramiro Valdés. El 3 de agosto en un cuarto del hotel Avranville estalló, en las manos del terrorista, la bomba que preparaba para ser colocada en la embajada de Cuba. La onda expansiva destruyó la habitación y otras cinco del mismo piso, el asesino murió en el acto. El 3 de julio de 1974, terroristas del llamado Frente de Liberación Nacional Cubano, colocaron e hicieron estallar una bomba en la sede diplomática cubana en París.

El general Contreras afirma que los terroristas anticubanos responsabilizaron de la muerte de De la Cruz a Townley y a Vera, pero no explican el porqué. No se han encontrado elementos para comprobar esta versión.

La unión entre los terroristas anticubanos y otros grupos o elementos fascistas para cometer crímenes por el mundo tiene sus

[2] Véase Enrique Encinosa Canto: *Cuba en guerra,* Colombia, 1995, p. 258.
[3] Ídem, p. 261.

antecedentes mucho antes del derrocamiento del gobierno de la Unidad Popular, de la creación de la DINA, de la Operación Cóndor y de la alianza de CORU. Esta conclusión está referida solo a la parte formal de la aparición de estos engendros de forma oficial, ya que en esencia por su contenido funcionaban para los fines de terror.

El seguimiento acucioso sobre el origen de los nexos entre los terroristas de Miami y Michael Vernon Townley,[4] ha demostrado que la asociación se remonta mucho antes del golpe fascista en Chile. Townley es sindicado por el general Contreras como un agente de la CIA, quien siempre actuó, según él, al servicio de esa agencia norteamericana y que el vínculo con la DINA está identificado y circunscrito a sus habilidades técnicas en electrónica y explosivos. Según el General, el norteamericano nunca fue un operativo de la agencia chilena.

Michael Townley: ¿Agente de la CIA, de la DINA, o de ambas?

Sobre la pertenencia de Townley a la CIA, a la DINA o a ambas agencias, se ha debatido en extenso. El general Contreras sostiene que sirvió ocasionalmente a la DINA y que siempre trabajó para esa agencia norteamericana. Sin embargo, el funcionario de esa agencia Marvin L. Smith, a cargo del grupo de operaciones, y de la dirección de información de personal, declaró bajo juramento —el 9 de noviembre de 1978— que Michael Townley, el 14 de junio de 1973, llamó a un oficial de caso de la agencia en Miami, Florida, para notificar su presencia en Estados Unidos, en el caso de que desearan interrogarle. Afirmó que mientras estuvo en Chile, trató sin éxito de ponerse en contacto con la CIA. El 18 del mismo mes nuevamente llamó al oficial en Miami, cuando fue informado que él no tenía interés en hacerle ninguna pregunta, pero aceptaría complacido cualquier información que deseara facilitar. Smith aseguró que el norteamericano no proporcionó ninguna información.

[4] El 7 de abril de 1957 llegó a Chile en compañía de sus padres.

Lo más revelador es que Smith aseveró en su testimonio, firmado, que no existía en esa fecha de 1978, ningún antecedente posterior de contacto de la CIA con Townley.[5]

Otro testimonio bajo juramento procedente de la CIA, es el de Robert W. Gambino, quien al declarar que era el director de Seguridad de la Agencia Central de Inteligencia, es decir, de la Oficina de Seguridad este juró que investigó el paso por la agencia del norteamericano y encontró que en febrero de 1971, el Directorio de Operaciones solicitó aprobación preliminar de seguridad para usar a Townley en calidad de agente operativo. No se pudo establecer si se utilizaron sus servicios o no, lo cual indica que se aprobó su empleo y lo más importante: "[...] el interés por el señor Townley cesó el 21 de diciembre de 1971. A partir de dicha fecha no existen datos que indiquen ningún interés por parte de la agencia en el señor Townley".[6]

Los juramentos de Smith y Gambino, de ser ciertos, indican que cuando se produce el golpe militar en Chile, el norteamericano no tenía vínculos activos con la CIA, ni posteriormente. De ser así echaría por tierra las afirmaciones de Contreras. ¿Se habrán "limpiado" los archivos de la CIA de rastros de Townley? Si fue así, ¿por qué y para qué y sobre todo por quiénes? La duda de que el norteamericano haya estado en operaciones tan sensibles por órdenes de la CIA, que obligaron a borrar las huellas, afloran como resultado de los testimonios. Si Townley no trabajaba para la DINA como afirma Contreras, que debió ser su jefe, ni para la CIA como aseguran estos funcionarios, entonces a quién respondía. ¿Era un "vigilante" que libró al gobierno chileno de adversarios políticos de forma espontánea y no solicitada? Sus frecuentes viajes y el manejo de incontables recursos y fondos no parecen dar credibilidad a la imagen de agente solitario.

Un tercer testimonio de un funcionario de la CIA, F. W.M. Janney, quien desde el 26 de noviembre de 1973, dos meses después del golpe, ocupó el cargo de director de Personal de la Agencia Central de Inteligencia, y como tal, bajo juramento declaró: "Los empleados

[5] El documento obra en el archivo del autor.
[6] Ídem.

encargados de realizar la investigación [...] me han comunicado el resultado de la misma. El resultado es que los registros de la Oficina de Personal no contienen el nombre de Michael Vernon Townley".[7]

Como certifica Contreras: ¿Era de la CIA y se hacía pasar como miembro de la DINA o al revés y en esa mentira arrastró a sus seguidores en las operaciones que ejecutó? Se encontró un testimonio que arroja luz sobre el probable proceder del estadounidense.

El chileno Francisco Aníbal Cortés de la Maza, natural de Santiago de Chile, declaró ante la policía de ese país, que él era funcionario de la línea aérea Lan Chile, cuando conoció a Townley. Al norteamericano se le identificó como Wilson, después conoció que se trataba de él. "En esta conversación como yo le hice presente que me extrañaba las circunstancias de que manejara ambos nombres, incluso que no quisiera que yo lo llamara por su apellido (Andrés Wilson), me dio a conocer que en verdad él trabajaba para la embajada norteamericana precisamente para la CIA y en ese viaje andaba en una misión secreta con el nombre que me parece pudo haber sido el de Enyat o algo parecido [...]".[8]

En auxilio del ex jefe de la DINA, acude otro testimonio del chileno Antal Mirlos Lazlo Frigyes Endre María Liptany Velics, quien en declaración jurada dijo: "[...] Townley invitó a personas que por siempre tuvieron convicciones y vivieron la doctrina nacionalista. Uno de ellos recuerdo fue Gastón Acuña Mac Lean. También invitaba a funcionarios de la embajada de Estados Unidos de Norteamérica. Recuerdo que una vez nos invitó a Gastón Acuña y a mí para que conociéramos a gente de la embajada de su país". "Antes de la reunión me confidenció que él podría ser en extremo instrumental en la conexión con Estados Unidos en la acción".[9]

El 10 de octubre de 1991, comparece a declarar Jorge Patricio Villalobos Bolt, natural de Santiago de Chile y abogado. Bajo juramento afirma que: "[...] fui conducido por Inés Callejas y un individuo que siempre la acompañaba, de nombre Miguel Stol Larraín, de quien se decía era ladrón de autos, a una casa ubicada en avenida

[7] Ídem.
[8] Ídem.
[9] Ídem.

El Bosque esquina a Tobalada. Esta casa pertenecía a la embajada de Estados Unidos para los marines o infantes de marina que custodiaban al Embajador".[10] Al referirse a la forma en que se conducía Townley, Villalobos añadió: "[...] por las circunstancias que he referido debía *[Townley]* ser agente de la CIA". Al final de su extensa declaración Villalobos dijo estar persuadido de la pertenencia del norteamericano a la CIA: "Yo reitero lo expresado a Vuestra Excelencia en el sentido y de estar íntimamente convencido que ya a la época a que me refiero, Michael Townley, quien se hacía llamar Juan Manolo Torres, era agente de la CIA".[11]

En este mismo sentido está registrada la declaración del abogado chileno Carlos Eduardo Díaz Herrera, quien describe la llegada a la localidad de Temuco de un grupo de militantes de la organización extremista chilena Patria y Libertad, que le solicitaron apoyo para pasar al territorio argentino en marzo de 1973, porque eran perseguidos por la policía del gobierno de Salvador Allende. Díaz Herrera consultó el pedido con Miguel Sessa, quien era el jefe de Operaciones de esa organización, y se negó a que los pasara debido: "Sobre todo porque el grupo era integrado por un agente de la CIA, quien efectivamente resultó ser Michael Vernon Townley". Cuando fui a darle la respuesta este me dijo "que él tenía muy buenos contactos con la embajada de Estados Unidos y con el gobierno norteamericano y derechamente que él era de la CIA".[12]

Todas estas declaraciones juradas dan fe de que por lo menos Townley si no lo era, se hacía pasar por agente de la CIA y por esa vía accedía a los medios que necesitaba para realizar sus actos criminales. Esa agencia de espionaje diseñada, en su origen, para realizar sus misiones exclusivamente en el exterior del territorio norteamericano, con frecuencia ha reclutado a ciudadanos estado unidenses para convertirlos en sus agentes e infiltrarlos en países para tareas especiales, con frecuencia del tipo "ejecutivo" entiéndase para eliminar a "blancos" seleccionados. En caso de ser descubiertos el gobierno negará su conocimiento.

[10] Ídem.
[11] Ídem.
[12] Ídem.

A partir de las reiteradas afirmaciones sobre el verdadero papel de Townley en el Cono Sur, se hurgó en documentos de agencias norteamericanas y se examinaron diversos archivos para establecer, con rigor, en primer lugar los antecedentes que permitieran confirmar o negar el vínculo entre los criminales cubanos y el norteamericano.

Una de las referencias sobre el vínculo con los terroristas de Miami, data de 1967, cuando se afirma que trabajó con Felipe Rivero Díaz en la AAMCO Transmisión Center, donde se dedicaba a la reparación de transmisiones automáticas de automóviles, también en la compraventa de autos con emigrados cubanos. En ese mismo año se le ubica como miembro de la agrupación anticubana Organización del Ejército Secreto (SAO, por sus siglas en inglés), cuyo jefe era el agente de la CIA, Frank Fiorini, alias Frank Sturgis con la misión de reclutar cubanos en Miami para realizar acciones contra Cuba desde Centroamérica y el Caribe.

Recibió entrenamiento y junto a otro agente de la CIA, Edward Hamilton, se conjuraron para asesinar en Panamá al general Omar Torrijos Herrera. Se mantiene hasta 1969 en esta actividad. Sturgis fue quien facilitó el ingreso de Townley a cursos de la agencia, sobre electrónica y explosivos. Estudió junto a otro miembro cubano de la CIA, Vera Serafín, quien se había integrado al mencionado SAO. Townley junto a Vera realizarían después varias operaciones y concurrido ambos a la creación de la CORU varios años después.

Pero antes, este equipo mercenario fue destinado a principios de 1971 a Santiago de Chile para participar en la Operación Centauro de la CIA, con el fin de derrocar al entonces presidente Salvador Allende. Los documentos desclasificados de la CIA dan fe de que en 1970 y 1971 esa agencia procesó a Townley.

El enlace del norteamericano en Santiago de Chile fue el cónsul de la embajada de Estados Unidos, Frederick Purdy, quien en realidad era un oficial de la CIA con fachada diplomática. Townley, amparándose en su condición de estadounidense, salía y entraba a la embajada sin obstáculos, se relacionó con varios infantes de marina, quienes residían en una casa de las avenidas Tobalada y El Bosque. En cuanto a este hombre y la agencia, se encontraron evidencias que los unen en ese tiempo.

El general retirado chileno Manuel Contreras Sepúlveda, entonces director de la DINA, sostiene que Michael Townley, nunca fue agente de ellos pero sí siempre lo fue de la CIA y según sus intereses actuó. Explica que se utilizó temporalmente para adquirir algunos medios electrónicos en Estados Unidos, aprovechando las posibilidades que él tenía de adquirirlos. Lo real es que el norteamericano realizó acciones que solo beneficiaron a los propósitos de la DINA, desde el asesinato de Carlos Prats, el intento contra Bernardo Leighton y la eliminación de Orlando Letelier del Solar por solo citar los servicios más relevantes del asesino.

Para sustentar sus afirmaciones, Contreras asevera que Townley solo tomó contacto con la DINA a fines de noviembre o principios de diciembre de 1974, es decir, después del asesinato de Prats en Buenos Aires.

Maten al demócrata cristiano

El lunes 6 de octubre de 1975 el Cóndor salido de los cuarteles castrenses chilenos irrumpió en la tarde otoñal de ese día para eliminar a uno de sus opositores, Bernardo Leighton. La calle romana recibió la sangre del político demócrata cristiano y las secuelas demoraron la muerte hasta 20 años después.

La conjura se había urdido durante meses, casi todo estaba previsto desde el sicario que halaría el gatillo, el seguimiento minucioso de los movimientos del "blanco" y de su esposa Anita Fresno y las medidas para desviar a los investigadores hacia pistas falsas. Los cubanos del Movimiento Nacionalista Cubano harían su parte: desinformar.

En esta fase superior de la Operación Cóndor, los criminales sudamericanos se aliaron a los terroristas de varias organizaciones europeas y junto a ellas tramaron diversos planes para ejecutar a objetivos comunes, realizar espionaje, facilitar los movimientos y el trasiego de armas y explosivos.

Leighton había sido un adversario honesto del gobierno de la Unidad Popular, pero rechazaba toda acción inconstitucional fraguada por los militares para derrocar a Salvador Allende. Después del golpe castrense se pronunció en su contra y persuadió a otros dirigentes de la Democracia Cristiana chilena a sumarse al rechazo del fascismo que dominaba al país. Acosado por sus posiciones críticas a la dictadura, cambió el escenario de lucha y partió a Italia desde donde continuaría su labor que lo convirtió en un "blanco" priorizado para Cóndor que había decidido ensanchar sus fronteras.

Para alcanzar sus propósitos de crear condiciones y tener capacidad para extender sus tentáculos a cualquier oscuro confín donde pudiera estar un adversario, la DINA envió a Europa a sus hombres más diestros y leales. En Italia se vincularon a los miembros de Avanguardia Nazionale (Vanguardia Nacional), grupo neofascista, brazo armado del Frente Nacional creado por el príncipe Borghese del cual era su líder Stefano Delle Chiaie,[13] quien surge en 1960 del movimiento universitario de extrema derecha.[14]

Viajó a Roma, el hombre proa de la DINA para estas operaciones, Michael Vernon Townley,[15] quien ya los conocía desde principios de la década de los setenta cuando era un activo miembro de la organización Patria y Libertad.[16] En junio, Townley[17] asumió una de sus tantas identidades falsas y llegó a Roma, junto a Virgilio Paz Romero, terrorista del MNC insertado en Cóndor, con el pasaporte a nombre de Kenneth Enyart.[18] El mayor chileno Raúl Eduar-

[13] En el mundo del terrorismo italiano Stefano era conocido como Alfredo; Townley, como Andrés Wilson.

[14] El símbolo de la organización fascista de Delle Chiaie es la "runa", un rombo cuyos lados inferiores se entrecruzan; esta "runa" a su vez, era el símbolo de la juventud nazi. Este emblema y el del Movimiento Nacionalista Cubano tienen similitud.

[15] Michael Townley le expresó al periodista Marcelo Araya de la televisión nacional de Chile en 1993, que él estaba en Miami el 11 de septiembre de 1973 y cuando se enteró del derrocamiento de Allende salió, compró varias botellas de champagne y celebró con sus amigos chilenos en esa ciudad.

[16] Frente Nacionalista Patria y Libertad, organización nacionalista de ultraderecha chilena fundada después del triunfo de la Unidad Popular en 1971, por el abogado Pablo Rodríguez Grez.

[17] Townley narró al periodista chileno Marcelo Araya, que él entrenó a los miembros de Patria y Libertad en transmisiones radiales desde autos, la fabricación de cocteles molotov, pero no en armas porque no tenía en esos momentos, que él establece como enero de 1972.

[18] Según Michael Townley, Kenneth Enyart, existe realmente, es un amigo de él que ha sido afectado por haber permitido que él asumiera su personalidad y utilizara su pasaporte.

do Iturriaga Newman,[19] jefe entonces de las operaciones exteriores de la DINA, aprobó la participación de Paz en este operativo.

Ambos viajaron en la línea aérea bahameña, International Air Bahamas, con escalas en Nassau y Luxemburgo y destino final Frankfurt, donde la DINA había creado una de sus bases de operaciones en Europa. Durante su estancia, Townley suma a la colaboración a uno de los representantes de Lan Chile[20] allí, Wolf von Arnswaldt.

Durante el siguiente mes Iturriaga dio prioridad al estudio del "blanco" escogido y los preparativos para el atentado, indicó a Townley centrarse en esa misión y emplear los medios y recursos necesarios para lograr su objetivo. La presencia de Paz no era tan necesaria en ese momento, pero sí para la futura participación del MNC en las misiones de la DINA, era importante para Contreras dar la imagen de confianza hacia los terroristas anticubanos. Además, los italianos[21] conocerían que esa agencia utilizaba los servicios de los terroristas de Miami, que durante más de un cuarto de siglo habían combatido al gobierno de Cuba, eso era un aval supuestamente impresionante.

Paz había participado con Townley en los planes para eliminar[22] físicamente a Carlos Altamirano en Alemania, ahora en Roma había sido encargado de alquilar un apartamento y prepararlo, mientras su "jefe" viajaba a Chile para ultimar detalles y recabar más recursos para adquirir un auto.

[19] Según Townley, Espinosa Bravo lo pasó a las órdenes de Eduardo Iturriaga Newman, quien estaba a cargo de la DINA exterior. Además que portaba credenciales que lo identificaban como miembro de esa agencia, al igual que su esposa Inés Callejas.

[20] Lan Chile fue utilizada profusamente por la DINA y Michael Townley.

[21] Los italianos, según Townley, hicieron otros servicios importantes para la DINA, un grupo de 10 visitó Santiago de Chile, después por encargo de esa agencia viajaron a Perú para espiar sus capacidades de defensa y obtener información sobre las intenciones de los militares peruanos en ocasión de un aniversario más de la Guerra del Pacífico. Los golpistas chilenos tenían suspicacia sobre probables intenciones revanchistas de los peruanos.

[22] En la jerga de la DINA se le denominaba con el eufemismo de "neutralizar" a un adversario.

A su regreso, Townley nuevamente persuade a los miembros de Avanguardia Nazionale para que busquen al sicario ejecutor. Inés, quien había llegado a Roma como Carmen Luz Correa Letelier,[23] Virgilio, quien viajaba con el nombre de Javier Romero[24] y Andrés Wilson, son alojados definitivamente en un apartamento de seguridad de Avanguardia Nazionale en la zona conocida como Tumba de Nerón. Durante casi un mes trabajaron profesionalmente para el diseño del crimen; del refugio inicial se trasladaron al hotel Roma, en espera de Alfredo quien estaba fuera del país.

Inés Callejas[25] y Virgilio Paz, no establecieron buena química, a ella no le molestaba que él fuese un asesino, pero sí que fumara habanos. Paz durante los preparativos demostró sus amplios conocimientos en preparar bombas, tanto que impresionó a los italianos con el empleo de relojes de pulsera para armar dispositivos de tiempo para hacer detonar los explosivos. Por encargo de Alfredo prepararon una bomba para colocarla en la embajada de Argelia en Roma, lo cual formaba parte de un plan para atentar contra esas sedes en varios países de Europa.

[23] Mariana Inés Callejas, previamente había estado en Nueva York donde supuestamente el MNC le habría proporcionado otro pasaporte, pero el "negocio" no prosperó porque Guillermo Novo le pidió cinco mil dólares. El trato solo llegó hasta la compra de un certificado de nacimiento puertorriqueño por 150 dólares, que Inés le entregó en Santiago de Chile al coronel Pedro Espinosa junto con el recibo del pago. Véase Patricia Mayorga Marcos: *El Cóndor Negro,* Aguilar, Chile, 2003, p. 62.

[24] No todos los documentos de Paz coincidían, lo cual alertó a la policía de Austria, por eso después del atentado, en la frontera austriaca el terrorista anticubano no es admitido y devuelto a Italia, lo cual es una prueba de la estancia del trío terrorista en Italia en el momento del atentado. Véase *El Cóndor Negro,* p. 63 y *Laberinto* de Eugene M. Propper y Taylor Branch.

[25] Townley e Inés Callejas, se casan el 22 de julio de 1961. Ella es 10 años mayor que él. Durante sus relaciones operativas con Townley utilizó decenas de nombres e identidades distintas. Lo real registrado es que se llama Inés Callejas Honores, hija de Javier y María Isabel, nacida en el pueblo de Rafael de la provincia de Coquimbo, el 11 de abril de 1932, según consta en su inscripción de nacimiento No. 84 de 1932 de la Circunscripción del Registro Civil de Monte Patria del Departamento de Ovalle. El número único nacional de identificación que le corresponde es el 2.267.857 con el mismo único nombre y apellidos mencionados. El documento obra en archivo del autor.

Entre agosto y octubre Townley hizo varios viajes a Roma,[26] allí les dio servicio a los fascistas italianos. Delle Chiaie, le pidió que él y Paz lo acompañaran a Francia, pero tenía reservas hacia las mujeres e Inés se quedó en San Remo, mientras los tres por carretera se dirigieron a Niza. Hasta el mismo Townley se sorprendió cuando en la frontera Chiaie mostró un pasaporte chileno. El norteamericano entendió que existía una relación de vieja data con la DINA, pero también captó que él solo era un canal alternativo entre los militares chilenos y los terroristas italianos. Paz se sintió seguro del beneficio de las relaciones con estos grupos.

Los terroristas italianos recopilaron también información de interés para los golpistas chilenos, en esta misión participaron Townley y Paz. Al regreso de Francia, Townley y Paz se quedaron en Génova un par de días, debían estudiar, por encargo de la DINA, la construcción de varios barcos para la Armada del Perú, lo cual era una prioridad para los militares chilenos. Debían evaluar la capacidad, velocidad de desplazamiento y armamento que podían tener. Cumplida la encomienda Townley regresó a Chile para informar a sus jefes sobre la Operación Leighton y el resultado de la búsqueda solicitada.

Regresó a Europa a finales de agosto, visitó sus redes en Alemania y de nuevo a Roma; el 6 de septiembre junto a Paz se registra en el hotel Génova con su verdadero nombre lo cual sería un cabo suelto encontrado después por las autoridades italianas. Tres días se hospedan en el Homs. Ambos hoteles eran de alto costo por estar situados en céntricos lugares turísticos, lo cual demuestra que el presupuesto era generoso.

El cerco alrededor del "blanco" se estrechó, cada detalle fue verificado, el seguimiento sobre él se mantuvo las 24 horas, incluso para

[26] En el alegato del general (r) Manuel Contreras se señala que Townley declaró en 1992 durante el proceso que se desarrolló en Italia por el atentado, que desde Brasil se fue a España y recorrió Europa junto a Virgilio Paz y Mariana Inés Callejas, quien se hacía pasar por Carmen Luz Correa. Townley y Romero viajaron a Irlanda donde, según el documento, este último tomó fotografías de prisioneros británicos en ese país. Lo más revelador es que al regreso a Italia, Townley se registró con su verdadero nombre con el fin de dejar rastros de su estancia en Roma, durante los días 6 y 8 de septiembre de 1975 conforme aparece en el Exhorto Internacional 29163 del 17 de junio de 1992.

comprobar que se encontraba en Roma, Townley viaja a Frankfurt para darle la tarea a uno de sus colaboradores que era amigo de Leighton, para que lo llamara a Roma. Regresa el 1ro de octubre y nuevamente el día tres llama desde la capital italiana a su fuente en Alemania para que asegurara que su víctima no saldría de la ciudad en los días siguientes.

Townley cambia de hotel y de identidad, ahora se hace llamar Kenneth Enyart[27] y con ese nombre se hospeda en el hotel Touring, ubicado cerca de la terminal Termini, donde estaría hasta el día siete y el siguiente después del atentado, cuando abandonó el país.

Ejecutado el atentado a la entrada de la casa de Bernardo Leighton en la vía Aurelia muy cerca del Vaticano, el plan para desorientar a las autoridades se pone en marcha, los terroristas anticubanos tenían la tarea de adjudicarse el crimen. El 17 de octubre, el *Diario Las Américas,* en Miami, recibe una carta timbrada en Nueva Jersey, donde el grupo terrorista anticubano CERO, decía haber realizado el atentado. Así el MNC entraba en el juego, aunque de hecho uno de sus mejores sicarios, Virgilio Paz, había participado activamente en los preparativos.

El adjudicarse este hecho estratégicamente demostraría estar en nexos operativos con los chilenos. El reconocimiento sería el inicio de la triple alianza, DINA-Avanguardia Nazionale[28] y MNC.

Explicar por qué una organización anticubana estaría interesada en atentar contra un político demócrata cristiano chileno a miles de millas de sus enemigos primarios, era difícil de entender, pero para el MNC esto significaba exhibir una supuesta capacidad de acción más allá de sus fronteras históricas, le daba notoriedad entre otros grupos terroristas y les enviaba un claro mensaje de sus contactos internacionales, que quedarían totalmente expuestos meses después con el asesinato de otro chileno, Orlando Letelier.

El 10 de octubre de 1975 el grupo CERO, emitió el siguiente mensaje: "La Organización Anticomunista, CERO, se responsabiliza ante

[27] Después de consumado el atentado y portando este pasaporte saca clandestinamente de Italia a Francia por tierra —en automóvil— al terrorista italiano Stefano Delle Chiaie, quien entonces era perseguido por la policía italiana.

[28] Avanguardia Nazionale estaba en ese momento en fusión con Ordine Nuevo, otro grupo extremista italiano.

el mundo por el atentado efectuado contra la persona de Bernardo Leighton el lunes 6 de octubre a las 8:20 p.m., hora de Roma, cuando este estaba próximo a su casa. Informamos que el marxistoide Bernardo Leighton, estaba en contacto personal con miembros de la embajada cubana en Italia trabajando en varios preparativos y planes para la constante subversión internacional comunista. Este individuo se encontraba al servicio de la KGB soviética y bajo protección de miembros del G-2 cubano (los servicios secretos de Fidel Castro), de quienes recibía además de protección física, asesoramiento y ayuda económica. Nuestro objetivo es ajusticiar los traidores a Cuba y a cubanos y extranjeros que laboran contra Cuba y el mundo libre a favor del Comunismo Internacional".[29]

La nota fue redactada sin dejar un resquicio de duda sobre el motivo, demasiado perfecta para ser real, pero en fin, respondía a la parte del guión asignada a los terroristas anticubanos.

Un segundo mensaje enviado por CERO a la agencia norteamericana Associated Press en Miami el 4 de noviembre, se adjudicaba la eliminación física en esa ciudad del criminal Rolando Masferrer Rojas, ocurrido el 31 de octubre. La misiva era el enmascaramiento para deslizar otros datos sobre el atentado en Roma que excluyese cualquier duda sobre la real responsabilidad de ese grupo en el hecho. Se precisaba la forma de la agresión y revelaba que se había realizado con una pistola Beretta, calibre 9 *mm*. Eran reveladores y solo un participante directo podía tenerlos, se plantaba así la supuesta participación de los terroristas.

Para respaldar a sus aliados anticubanos, los fascistas chilenos hicieron publicar en el vespertino *La Segunda,* el 8 de noviembre, un artículo titulado "Anticastristas dicen que atentaron contra Leighton" y el texto era el siguiente: "Cubanos anticastristas, según afirma el periódico *Guerra* que ellos mismos editan en la ciudad de Nueva Jersey, Estados Unidos, serían los autores del atentado en contra de Bernardo Leighton y su esposa. El hecho se registró hace algún tiempo en Roma. Donde el ex dirigente demócrata cristiano, que ahora participa junto con los marxistas en las campañas contra Chile, aún está hospitalizado".[30]

[29] Véase Patricia Mayorga Marcos: *El Cóndor Negro:* Ob. cit., p. 80.
[30] Ibídem, p. 79.

Desde Roma, Townley viajó a Londres para trabajar en el proyecto secreto Andrea, concebido para fabricar armas capaces de derrotar a los militares peruanos ante un futuro conflicto bélico que para el entonces jefe de la DINA era inminente. Durante el resto del año el norteamericano se concentró en este plan. Viajó a Alemania para consultar los avances de las investigaciones de un científico alemán sobre los gases de órganofosfatos que atacan el sistema nervioso. Eran maquinaciones que el término de la Segunda Guerra Mundial dejó inconclusas en la fase de experimentación. En Inglaterra otros científicos trabajaban en ideas similares. Townley no solo investiga, sino que entra en contacto con una empresa de ingeniería química, Gallemkamp and Co. A través de la cual compra los insumos necesarios para el laboratorio de Eugenio Berríos, en Chile. Todo esto a cargo del llamado Centro de Investigaciones y Desarrollo Técnico Quetropillán.[31]

A mediados de 1977, las relaciones entre Townley y sus fieles servidores cubanos en Estados Unidos, se enturbian cuando estos solicitan 25 000 dólares para ser entregados al terrorista Guillermo Novo Sampoll, para poder enfrentar el proceso que se les seguía por el asesinato de Orlando Letelier. La conexión del MNC con la DINA se había hecho más visible, había aflorado detalles de sus operaciones conjuntas. Ya entonces Contreras no era el jefe de ese cuerpo y su poder menguaba.[32]

Virgilio Paz presionó nuevamente a Townley en 1978 con el objetivo de obtener apoyo financiero para evadir las investigaciones de las autoridades norteamericanas.

El cerco sobre los terroristas anticubanos se estrechaba. Paz bajó hasta donde pudo su solicitud e insistió en la suma original. Townley tomó la decisión de pedir directamente a Contreras lo exigido por los cubanos y lo visitó en su casa de Las Rocas de Santo Domingo, balneario situado a dos horas de camino de Santiago. Según Townley,

[31] El general Contreras reiteradamente ha negado que haya existido ese grupo en la casa de Michael Townley, en el barrio de Lo Curro. Entrevista con el autor en julio de 2004, en Santiago de Chile.

[32] Contreras le pidió esa suma a su entonces amigo y jefe, Augusto Pinochet, quien no accedió a darle el dinero. Entrevista con el autor, en julio de 2004.

Contreras lo recibió y aunque no le entregó ni un céntimo, lo llenó de esperanzas.[33]

La animosidad entre los terroristas anticubanos y Townley se incrementó, los primeros no pudieron salir de Estados Unidos, al estar inmersos en el caso Letelier, todos estaban irascibles con Contreras, se sentían utilizados y abandonados a su suerte por los chilenos.

Entre el intento de asesinato de Leighton en Roma y el de Orlando Letelier en Washington transcurrió casi un año y las relaciones, que al final y en apariencias quedaron tirantes entre los terroristas y sus superiores chilenos, permitieron no obstante cometer el crimen en el corazón de la capital norteamericana.

Eliminar a Carlos Altamirano

Según testimonios, Contreras estaba quejoso por los fracasos de la DINA en el exterior. El dirigente socialista Carlos Altamirano se había escabullido de una emboscada montada por un comando chileno en las afueras de París, en la ruta al aeropuerto de Orly, había eludido la vigilancia de Townley y del cubano Virgilio Paz en Frankfurt,[34] Alemania. El político Bernardo Leighton había sobrevivido al ataque de Roma pese a las serias heridas recibidas en la cabeza. Ahora la mira estaba puesta en Orlando Letelier, el ex mi-

[33] Contreras niega todo conocimiento sobre este encuentro. Entrevista con el autor, en julio de 2004.

[34] Dice Inés Callejas: "En otra ocasión me correspondió viajar a Europa para encontrarme con Michael [Townley] y Virgilio Paz, ocasión en la que viajamos a Roma. En ese viaje nos reunimos con Stefano Delle Chiaie y todo su grupo de la Avanguardia Nazionale, viaje que se realizó en fecha anterior al atentado a don Bernardo Leihgton. En otra ocasión que viajé a Europa, pasé por Frankfurt, donde me encontré con el capitán Cristoph Willike, quien era agente de la DINA y me dijo que estaba siguiendo a Patricio Aylwin [...]" Entrevista en archivo del autor.

Townley por su parte declaró al periodista chileno Marcelo Araya en 1993, que él recibió la misión de seguir los pasos de Aylwin en Alemania, donde el político chileno había viajado para participar en una reunión del Parlamento alemán, donde expondría la situación política en su país.

nistro del gobierno de Allende, quien prometía convertirse, desde Washington —donde estaba radicado junto con su esposa Isabel Margarita Morel— en el factor de unión de la oposición chilena en el exilio.

La República Federal de Alemania había recibido a varios grupos de latinoamericanos perseguidos por sus gobiernos y por Cóndor, algunos de los refugiados eran de origen alemán por descendencia o familiaridad. Comenzó a gestarse un movimiento de solidaridad y de apoyo para quienes habían quedado atrás y contra la opresión que sufrían. La DINA se hizo presente y sus garras se extendieron por varios países europeos, Alemania se convirtió en una prioridad para los hombres de Contreras. Recuérdese el caso de la doctora Gladys Mellenger de Sanneman, paraguaya, sustraída de su casa y consultorio el 24 de marzo de 1976, quien por medio de la gestión alemana pudo salir del país el 30 de marzo de 1977 con destino a Frankfurt donde la esperaban familiares y amigos alemanes; después se radicó en Leverkusen, en las cercanías de la ciudad de Colonia.[35]

Documentos desclasificados y en posesión de la Suprema Corte de Chile, demuestran que Inés Callejas realizó, además, junto al terrorista Virgilio Paz Romero recorridos por varios países de Europa con misiones operativas, entre estos: Gran Bretaña, Francia, Luxemburgo, Holanda, Bélgica, Suiza y Austria. Un dato de interés es que se afirma que el MNC suministró dinero para la manutención de la madre de Callejas, quien entonces residía en Estados Unidos.

[35] Véase más información en Paraguay en el Operativo Cóndor, Gladys Mellenger de Sanneman, p. 107.

Desaparece Orlando Bosch

Después del asesinato del corrupto José Elías de la Torriente, un secreto se diseminó por todas las calles de Miami: Bosch estaba detrás de ese hecho. Cierto o no, el terrorista desapareció de los sitios que frecuentaba. Su libertad condicional había sido resultado de una fuerte campaña de presión política de la contrarrevolución para ponerlo nuevamente en circulación, hasta el entonces gobernador de la Florida, Claude Kirk, había cabildeado para liberarlo. En una cena en la Cámara de Comercio Latina, CAMACOL en Miami, dijo: "Cuando pienso en los hombres libres que buscan libertad para su patria, necesariamente tengo que pensar en el Dr. Bosch. Como ustedes conocen hay un rumor de que estoy interesado en su caso. Estoy trabajando sin mucho ruido y efectivamente para que lo suelten y creo que dentro de poco veré los resultados".[1]

El 1ro de noviembre de 1972, después de una serie de "huelgas de hambre" le dieron la libertad condicionada al terrorista. Durante un tiempo su paradero fue un misterio, después sospechosamente se le vinculó a un grupo terrorista anticubano que entonces acaparaba la atención de las autoridades y los medios, denominado Frente de Liberación Nacional de Cuba, que había enviado cartas bombas a embajadas cubanas en varios países de América Latina y Europa.

[1] Véase Dick Russell: "El reino del terror en la Pequeña Habana", *New Times*, 29 de octubre de 1976, Miami, Florida.

Después de la muerte de De la Torriente, las declaraciones de Bosch sobre el hecho estimularon la suspicacia de los contrarrevolucionarios, una asociación parecía despejar las dudas. Bosch siempre había estado detrás del dinero de las recaudaciones, había utilizado con frecuencia la extorsión a los emigrados cubanos con el objeto de exigir fondos para sus planes y este era un corrupto que había escamoteado lo recaudado y traicionado la fe de la emigración.

En abril de 1974, Bosch fue interrogado sobre la muerte de De la Torriente, después desapareció. En junio de ese año una entrevista concedida por el terrorista al *Miami News* disipó, si alguien las tenía, las dudas sobre su parecer sobre la eliminación del corrupto. "Nadie se atreverá más nunca a alzar una bandera falsa por temor a perder la vida", sentenció. "Su asesinato fue una buena lección para la comunidad de exiliados, nadie se le ocurrirá venir con teorías ilusas para robar a la gente".[2]

Las declaraciones de Bosch sobre la actitud corrupta de De la Torriente están motivadas en que este se equivocó al ponerse en su camino para timar a los emigrados, medio de vida que utiliza Bosch desde mucho antes de que el finado incursionara en él.

El terrorista anunció la creación de Acción Cubana, mutación de sus organizaciones Poder Cubano y el Gobierno Secreto Cubano, dijo que había sido quien había estado poniendo bombas en los consulados de Cuba en países de América Latina desde el mes de agosto de 1973 y buscaba la fusión con el FLNC. Lo más revelador fue: "Voy a esconderme en un país de América Latina para tener la oportunidad de la internacionalización de la guerra".[3] Durante meses se sumergió en el más impenetrable anonimato, los medios lo ubicaban en México, Venezuela, Colombia y Chile. La desaparición de otros terroristas de las calles de Miami, como Humberto López Núñez,[4] era asociada con el fugitivo terrorista.

[2] Ídem.

[3] Ídem

[4] Terrorista anticubano fue extraditado por las autoridades dominicanas a Miami para ser juzgado por actos de terror ejecutados en esa ciudad. La fiscalía entonces determinó que procesarlo allí podría ser peligroso y parcial por la presión y las amenazas de grupos afines de terroristas y trasladó el juicio para el colindante condado de Broward.

En noviembre de 1974 la explosión de dos bombas contra objetivos cubanos en Venezuela, cuyo crédito fue a la lista de Acción Cubana, hicieron emerger a Bosch, quien fue detenido, interrogado y deportado de ese país, donde había sido acogido por sus asociados Luis Posada Carriles y Ricardo Morales Navarrete, operativos entonces de la DISIP venezolana.

Hacia dónde mandarlo se convirtió en un problema para las autoridades venezolanas, la primera opción sin duda era Estados Unidos, de donde había escapado y violado su libertad regulada. El FBI lo había estado rastreando y solicitado su búsqueda y captura. Su regreso al país parecía inminente, pero no fue así.

Cuando se suponía que el traslado de Bosch a Estados Unidos sería un proceso de puro trámite, la justicia norteamericana emitió un comunicado sorprendente: "La justicia está mejor servida manteniéndolo afuera. No es un ciudadano norteamericano y en cuanto concierne al gobierno de Estados Unidos es un indeseable, sin estatus legal en este país". La decisión de no pedir su extradición, según una fuente del FBI, fue hecha de conjunto con el Departamento de Estado.

El terrorista entrenado, armado, dirigido y utilizado durante más de 15 años por las agencias de inteligencia norteamericanas se convertía aparentemente en un estorbo que nadie quería, era en esencia una manera de protegerlo y dejarlo en libertad para actuar, llevarlo a Estados Unidos hubiese limitado su accionar, tendría que responder por la sanción pendiente, lo mejor era no admitirlo, era lo más conveniente a los intereses de la CIA.

Todo el caso Bosch se esfumó, los contrarrevolucionarios cubanos en Venezuela y los ejecutivos de la DISIP amigos del terrorista se ocuparon de lograr el favor del entonces presidente venezolano Carlos Andrés Pérez, quien solícito dispuso la libertad y salida del criminal de su territorio. Los actos terroristas se habían cometido el 1ro y el 30 de octubre, ya en los primeros días de diciembre Bosch salió con destino a Chile adonde arribó el 3 de ese mes.

Bienvenidos a Santiago

Cuando en el aeropuerto internacional de Santiago de Chile, el carabinero revisó aquel pasaporte, no pudo menos que sospechar. Sin mucha cortesía indicó al hombre con el maletín de mano —era todo su equipaje— que le acompañase. A una señal, otros dos uniformados se situaron convenientemente detrás del sujeto. Ya dentro de una habitación estrecha cuyo único mobiliario era una mesa y dos sillas, el hombre quedó solo; observando a través de una pequeña pantalla de televisión ubicada convenientemente en lo alto, enciende un tabaco y deja escapar una bocanada de humo. Parece violentamente contenido y concentrado.

Treinta minutos después, los tres carabineros irrumpen en la habitación. Alzan sus hombros y le obligan a abrir los brazos mientras uno de ellos recorre con sus manos el cuerpo en busca de armas. El principal ha volteado el maletín sobre la mesa y revisa su contenido. Nada de interés. Luego sientan al hombre y el carabinero se acomoda frente a él. Lo mira fijamente. "—El pasaporte es falso" —dice con voz grave. Pero para su asombro, el pasajero, ya detenido, asiente con la cabeza. "—Llame a la DINA, al coronel Manuel Contreras y díganle que el amigo del coronel Eduardo Sepúlveda acaba de llegar".

Al poco rato, y antes de partir, el carabinero le pidió disculpas. El chofer del jefe de la DINA lo fue a recoger. "—Será alguien muy importante, ese tal Pedro A. Peña. No, ese no es su nombre. Por supuesto que no"—, comentaría luego con sus hombres.

Realmente, el tal Peña era un tipo importante, si se tiene en cuenta que un terrorista puede, él solo, paralizar una ciudad. Y no se llamaba Pedro A. Peña. Su verdadero nombre era Orlando Bosch Ávila, el jefe de Acción Cubana, una de las principales organizaciones terroristas de Miami.

Era el 3 de diciembre de 1974.[1] Bosch había viajado a Chile con el propósito de coordinar las acciones con la junta fascista de Pinochet en contra del movimiento revolucionario latinoamericano. Esperaba obtener recursos para proseguir su campaña de terror contra la Revolución Cubana y extenderla a otros países. La guerra por los caminos del mundo —había dicho a sus amigos.

De acuerdo con un artículo publicado en el diario *Miami News* el 19 de junio de 1974, Bosch había trazado la estrategia de los terroristas de origen cubano que ya estaban actuando en esa fecha en diversas partes del mundo. En esa ocasión Bosch se identificó como principal del grupo Acción Cubana, una organización contrarrevolucionaria que se hacía responsable de la colocación de bombas en distintos consulados latinoamericanos y en ese momento anunció que se encontraba oculto en un país latinoamericano trabajando en la internacionalización de la guerra contra Fidel Castro que incluiría secuestros y asesinatos en diferentes países, además de sabotajes dentro de Cuba. Según el diario, Acción Cubana tenía entre sus planes vender 10 millones de bonos para financiar la guerra, de los cuales ofrecería tres millones de dólares a quien asesinara a Fidel Castro. A la Operación Cóndor y su promotora la DINA, le había salido una nueva e inestimable garra.

El arribo del terrorista internacional Orlando Bosch Ávila a Santiago de Chile, había estado precedido de negociaciones en la embajada de ese país en Washington con la asistencia de hombres del MNC. Un grupo de terroristas del FLNC tomó contacto con el

[1] Llegan a Chile los terroristas Orlando Bosch, Guillermo Novo y Dionisio Suárez, quienes fueron recibidos por la organización extremista chilena Patria y Libertad. Por intermedio de Manuel Fuentes Weding, Carlos Ashton, funcionario del Ministerio de Relaciones Exteriores le proporciona a Bosch un pasaporte oficial chileno falso, con el nombre del hermano del comandante del buque escuela *Esmeralda,* Jorge Davanzo Cintolesi.

agregado cultural del consulado de Chile en Miami, Héctor Durán,[2] el 4 de febrero de 1975.

Con fecha 2 de diciembre de 1975 la oficina del FBI de Newark redactó un informe a su Director, registrado con el número 105-164011 sobre las actividades de Guillermo Novo Sampoll. Fue desclasificado el 8 de abril de 1999. El documento se refería a informaciones obtenidas el 10 de septiembre de ese año. En el informe se significaba que el detective Raúl J. Díaz, del Departamento de Seguridad Pública del condado Dade, llamó a la oficina del FBI de Newark el 24 de noviembre para informar haber conocido que un grupo de miembros de organizaciones de acción anti-Castro se reunirían entre el 13 y 18 de enero de 1976 con Orlando Bosch Ávila, quien está al frente de Acción Cubana. La reunión se produciría en Santiago de Chile. Díaz precisaba que uno de los asistentes sería Guillermo Novo del Movimiento Nacionalista Cubano. Un aspecto muy relevante era que Díaz insistía en que Novo —quien estaba en libertad bajo palabra por cinco años— debía recibir el permiso de su oficial de control para poder viajar a Chile. En el informe NK 105-19876 se significaba que las oficinas del FBI en Miami, New Cork y Newark habían orientado a sus fuentes a verificar si realmente Novo viajaría a Chile.

El objetivo era obtener asistencia del gobierno militar para realizar acciones terroristas internacionales. Durante la reunión, Héctor Durán señaló que era miembro de la inteligencia militar chilena. Según el informe respectivo, el agregado cultural en realidad era un coronel de inteligencia que, originalmente, debía desempeñarse en Washington.

Presuntamente, Héctor Durán habría sido enviado a Miami luego de las gestiones realizadas en la capital estadounidense por el embajador ante la Organización de Naciones Unidas (ONU), Julio Durán,[3]

[2] Este agente de la DINA en EE.UU. solo ha sido nombrado antes en el libro *The murder investigation: one year later,* de Saul Landau y Stavins, sobre el crimen de Letelier. Allí dice que: "En la oficina del agente de la DINA y cónsul de Chile en Miami, Héctor Durán, se realizó la reunión entre un enviado de Manuel Contreras y los jefes de la Brigada 2506 a los que se ofreció dinero y materiales a cambio de colaboración en el asesinato de Letelier que se estaba planificando".

[3] Senador radical en 1957, colectividad política que presidió desde 1952. Candidato presidencial en 1964, fue designado 10 años más tarde por la junta militar para representar la posición política del régimen ante las Naciones Unidas y la OEA. Falleció de cáncer en Estados Unidos a fines de noviembre de 1990.

con el fin de coordinar los esfuerzos de apoyo a los terroristas. Este respaldo no sería gratuito, los anticubanos a cambio realizarían hostigamiento contra los grupos de exiliados chilenos radicados en América Latina y en otros países de Europa. El movimiento de solidaridad con el pueblo chileno y en contra de los crímenes de la dictadura militar iba en aumento y los asesinatos selectivos de sus principales dirigentes era una prioridad de los golpistas en el poder.

Los pedidos específicos de los terroristas radicaban en un pasaporte chileno para el mencionado extremista de origen cubano Humberto López Núñez, quien estaba prófugo de la justicia norteamericana por haber cometido actos de terror dentro de Estados Unidos y se encontraba escondido en República Dominicana. Igualmente la asistencia a los terroristas para transportar explosivos en las valijas diplomáticas.

En este primer encuentro, el agregado Durán se mostró complacido de ayudarlos pero señaló que debía consultar con sus superiores. En una segunda reunión, Durán señaló que había "luz verde" para el uso de las valijas, pero con la condición de que se tratara de elementos estables que no explotaran repentinamente y que, por lo tanto, no podía ser dinamita. A los terroristas anticubanos les fueron proporcionados medios para la preparación de bombas de fabricación chilena, como cápsulas detonantes que después fueron ocupadas a miembros del MNC.

Durante ese encuentro, uno de los terroristas anticubanos, Frank Castro,[4] le comentó a Durán que también necesitaban pasaportes que serían asignados a un comando terrorista experto en explosivos para que viajaran libremente por el hemisferio occidental. Ante la pregunta de si también requerían armas, Castro contestó: "realmente, armas no", aunque sí silenciadores para escopetas y rifles. Frank explicó que estas piezas eran imprescindibles en un plan de secuestros de diplomáticos cubanos en todo el mundo que llevaría a cabo el FLNC.

[4] Francisco Eulalio Castro Paz, cubano naturalizado estadounidense en 1971, a comienzos de los setenta se involucró de lleno en las actividades terroristas que incluyeron la colocación de bombas a instalaciones cubanas y soviéticas. Está vinculado a numerosos casos de tráfico de drogas en las investigaciones relacionadas al Cartel de Medellín.

El 18 de febrero, el canal 23 de Miami presentó un teleprograma con Orlando Bosch de Acción Cubana, realizado por el periodista Esteban Lamela, sindicado de colaborar con la CIA y ser asalariado de la Voz de Estados Unidos de América. Entonces trascendió que la entrevista había ocurrido en una finca cercana a Santiago de Chile con protección de la junta.

El 22 de agosto el periódico *Alerta* reprodujo un cable con declaraciones enviadas por Orlando Bosch desde Chile, bajo el título: "Ola de atentados a líderes rojos. Dirige Bosch la acción".

En una nueva reunión —registrada el 30 de agosto de 1975—, entre el coronel Durán y los miembros del MNC, Frank Castro hizo una nueva demanda: Tres pasajes abiertos de la línea aérea Lan Chile para viajar desde Miami a América del Sur. Aunque no entregó más detalles, por calificar el plan como ultra secreto, uno de los hombres del FLNC viajaría probablemente a Asunción, Paraguay, y también a Argentina.

Durán condicionó los pasajes a una nueva autorización de sus superiores en Santiago, que gestionaría personalmente, si bien aseguró que el único grupo terrorista que le merecía respeto era el FLNC. Es evidente que el FBI tenía bien penetrados a los grupos de terroristas anticubanos radicados en Miami, a juzgar por el nivel de detalles que aparecen en sus informes desclasificados. Sus fuentes tenían que ser miembros de las organizaciones de ese tipo reclutados por esa agencia como informantes.

Al volver a Florida, el 10 de septiembre de 1975, Durán le informó a Frank Castro que el gobierno chileno no continuaría involucrándose con grupos terroristas anticubanos, por lo que no habría más ayuda. Esto no fue cierto ya que con posterioridad a esa fecha los grupos terroristas ejecutaron operaciones al servicio de la DINA. Lo que sucedió en realidad es que las condiciones del contrato cambiaron, ahora los terroristas anticubanos debían colocar entre sus prioridades a los objetivos de los golpistas chilenos.

Desde esa fecha, el gobierno chileno por medio de la DINA decidió asignar más selectivamente sus recursos a otras facciones terroristas que se disputaban los favores de los militares. Hasta ese momento el MNC de Felipe Rivero Díaz y Guillermo Novo Sampoll, había avanzado en las relaciones, pero el FLNC y Acción Cubana de Orlando Bosch también pujaban por recibir recursos. Los intentos de Luis Posada Carriles de acceder a los planes de los chilenos con el empleo de los terroristas anticubanos del FLNC, había alertado a los mandos golpistas y a esta organización en la "lista negra"; por eso en 1976, Townley buscó en el MNC a los hombres para el proyecto Andrea.

Entre el 10 y 15 de enero de 1976, el general Omar Torrijos Herrera, jefe del gobierno de Panamá, realiza una visita oficial a Cuba. Al final de su estancia se emite un comunicado conjunto donde se expresa la solidaridad cubana en las aspiraciones panameñas de ejercer su soberanía en la zona del Canal de Panamá. Este país había sido seleccionado por los terroristas anticubanos como blanco de sus actos. Por eso fue que el FBI solo dio información de los participantes prófugos en el asesinato de Letelier al entonces G-2 panameño hasta septiembre de 1978 por medio de su agente especial Stanley Pimentel.

No obstante el supuesto ultimátum de los golpistas, una reunión efectuada en Costa Rica entre tres importantes cabecillas de los grupos terroristas, revela que la efectiva asistencia de Chile a los exiliados cubanos, no se interrumpió, más bien estaba en un proceso de reacomodo para continuar.

Hasta su refugio en Santiago de Chile llegó un periodista de Miami a quien Bosch declaró con total impunidad: "Tengo todo el dinero, amigos y protección que necesito para derrotar a Castro".[5] El periodista admitió que el delincuente tenía a su servicio a un jefe de personal venezolano y a unos 15 guardaespaldas chilenos bien armados.

En contacto con los fascistas chilenos, la megalomanía de Bosch llegó hasta el paroxismo, en julio continuó las amenazas contra quienes según él había identificado que se habían apropiado de las recaudaciones del difunto José Elías de la Torriente. Envió mensajes urgiéndolos a que pusieran a disposición de la "causa" su peculio o desafiar su justicia. Todo aquel que no captó el mensaje recibió su merecido. Bosch empleó el terrorismo mediático para comunicarse con sus deudores, un periódico hispano de Nueva York fue su vocero principal.

[5] Ídem.

Acción Cubana siguió fraguando sus actos de terror y la impunidad lo llevó a escoger objetivos cada vez más ambiciosos, las facilidades chilenas para moverse por el área en medio de la Operación Cóndor, le dieron la oportunidad a Bosch de planear el asesinato de funcionarios cubanos.

Operación en San José

En marzo de 1976 Orlando Bosch es arrestado por la policía costarricense en los momentos en que ajustaba los detalles para asesinar al líder chileno exiliado en ese país, Andrés Pascal Allende. A no pocos llamó la atención que este terrorista estuviera planeando un atentado contra el refugiado chileno. Hasta su reaparición en Costa Rica, Bosch se daba por desaparecido y su paradero era un misterio.

Organizaciones defensoras de los derechos humanos con reiteración comenzaron a denunciar la alianza asesina de anticubanos y fascistas chilenos. Trascendió que Orlando Bosch había residido en Santiago de Chile, en la calle Alameda No.240, torre 1, apartamento 24, precisamente frente al edificio Diego Portales, donde estaba instalada la Junta Militar de Pinochet.

Para mediados de 1976 los operativos Cóndor habían comenzado a llamar la atención de la prensa internacional. El periodista británico Richard Gott, quien había investigado las quejas de los familiares de las víctimas, llamó a la represión "algo semejante a la Operación Fénix en Vietnam. Hombres con la capacidad de inspirar y unir a la nación en una campaña para resistir las fuerzas de ocupación, que son capturados uno a uno", escribió.

Gott culpó a Washington, al declarar que el entonces secretario de Estado norteamericano Henry Kissinger "debía conocer quién era el responsable". Por supuesto, se refería a lo que estaba ocurriendo en materia de operaciones terroristas. La CIA no había dejado de brindar asistencia a los países involucrados en la Operación Cóndor.

Según las investigaciones realizadas por el periodista uruguayo Samuel Blixen y reflejadas en su libro *El vientre del Cóndor*, en 1987 desaparecieron o fueron asesinados alrededor de 190 chilenos en Argentina. Otros investigadores calculan que durante esa etapa de Cóndor, solamente en Argentina desaparecieron unos 170 uruguayos, numerosos bolivianos y 120 paraguayos. Se han denunciado diversas cifras respecto a los desaparecidos en América Latina durante la etapa de las dictaduras y es justo que ninguna de las víctimas sea olvidada, así como establecer con rigor las cifras de los responsables de tanto dolor y que se haga justicia, ya que deben pagar por tantos crímenes.

En los preparativos de seguridad para el viaje del Secretario de Estado a América Latina, el FBI recordó la información que alertaba sobre las intenciones de los anticubanos de atentar contra él. Se había anunciado, también, la visita de Kissinger a Sudamérica programada para marzo de 1976, cuando asistiría a la reunión de la Organización de Estados Americanos (OEA). La asamblea se realizaría en Buenos Aires, y con conocimiento de que Bosch residía en ese momento en Chile, el mencionado informe fue enviado a la dirección del FBI para que diese cuenta al Departamento de Estado de Estados Unidos, a su Servicio Secreto, a cargo de la protección del ejecutivo y a las agencias de gobierno que se considerara pertinente.

Un documento secreto a fines de enero de ese mismo año, informaba que Kissinger suspendió su viaje a América Latina y que, por lo tanto, la reunión de la OEA se cancelaba. Como se ha mencionado Bosch viajó a Costa Rica en febrero de 1976 en víspera de la llegada de Kissinger a ese país, fue detenido y expulsado. Esto tenía un asidero sólido para las autoridades norteamericanas, lo que después fue tratado en una audiencia del Subcomité para el análisis de las actividades terroristas, del Comité Judicial del Senado de Estados Unidos, para conocer de los actos terroristas en el área de Miami, celebrada el 6 de mayo de 1976. En las sesiones se reveló que se había recibido información de una fuente confiable sobre los propósitos criminales de los terroristas anticubanos de atentar contra el Secretario de Estado norteamericano durante su estancia en Costa Rica.

Sobre este hecho, cuestionado por muchos por considerar que fue obra de la megalomanía de Bosch, existe un testimonio revelador donde demuestra la amenaza que ha sido y es el terrorismo anticubano, gestado y permitido por sucesivas administraciones norteamericanas, para la seguridad nacional de Estados Unidos y por otro lado valida el carácter magnicida de los actos concebidos por los terroristas y sus nexos con los fascistas chilenos.

En esta audiencia el teniente Thomas Lyons manifestó: "Nosotros como guardadores de la ley no nos importa la política de una persona. Nos importan las explosiones por bombas, asesinatos, extorsión y conspiración".

Mientras, el asesor jefe del Subcomité, Richard L. Schultz, quien condujo la sesión, inquirió sobre la amenaza que representaba el terrorismo anticubano para la seguridad nacional de Estados Unidos. Lyons argumentó: "La única cosa que podemos enseñar para refutar lo expresado de que no se afecta la seguridad interna de Estados Unidos, con las declaraciones que aquí hemos manifestado es el caso siguiente:

"Recibimos información de una fuente confidencial de que iban a intentar contra la vida del secretario de Estado, Henry Kissinger en Costa Rica.

"El secretario de Estado, Henry Kissinger iba a hacer una visita a Costa Rica en 1976. Aproximadamente tres semanas antes de esa visita recibimos información de que iba a ser asesinado. Recibimos la información de una fuente confidencial en América del Sur. Pasamos la información al FBI, ellos tenían esa noticia y lo informamos al Servicio Secreto [...]"[1]

Según un artículo del *Miami Herald,* elaborado por los periodistas Thomas Morgan y Miguel Pérez, el 12 de marzo de 1976, Orlando Bosch fue detenido por entrar ilegalmente a Costa Rica; en el momento de su detención él portaba un pasaporte chileno. Sobre este hecho varios documentos desclasificados sustentan la estrecha relación de los terroristas cubanos con la junta fascista.

La Audiencia no solo certificó lo conocido y reiteradamente denunciado, sino que dio detalles sobre el conocimiento del FBI de las

[1] Tomado de la versión en español de la Audiencia del 8 de mayo de 1976, p. 38.

relaciones entre los terroristas y las agencias represivas chilenas. El detective Raúl J. Díaz añadió datos esclarecedores sobre la detención de Orlando Bosch. Díaz dijo: "El 6 de marzo de 1976 recibí esta información de una fuente en América del Sur, cuya credibilidad ha sido comprobada en el pasado. Me suministró la siguiente información: Que cuando Orlando Bosch Ávila fue arrestado en Costa Rica en febrero de 1976, se conoció que viajaba con pasaporte chileno y otras identificaciones de ese país, el pasaporte chileno de Bosch tenía el No. 26583 con un retrato del mismo. Este había sido emitido con el nombre de Héctor Emilio Ramón Davanzo Cintolesi, y tenía validez hasta el 25 de septiembre de 1975.

"El pasaporte identificaba al portador como de nacionalidad chilena, fecha de nacimiento el 15 de agosto de 1927, casado con Elinor Marzner, residente en Miguel Claro No. 1129, Chile. Hijo de Héctor Davanzo y Amalia Enriqueta Cintolesi. También dice que es un comerciante con identificación chilena No. 2347422. El pasaporte indicaba que Bosch había entrado a Panamá el 28 de diciembre de 1975 y salió al siguiente día; salió de Chile hacia El Salvador el 7 de enero de 1976, de El Salvador pasó a Nicaragua el 30 de enero de 1976, y de Nicaragua a Costa Rica el 6 de febrero de 1976.

"Esta fuente posteriormente nos comunicó que Bosch fue arrestado en una casa en Costa Rica que había sido alquilada por Orlando Flores Mendoza de Miami, que en el momento de su arresto Bosch estaba en compañía de su hija Teresita y el esposo de esta, el argentino Rubén Blinder".[2]

Según los investigadores norteamericanos John Dinges y Saul Landau, Bosch llega a acuerdos con la junta chilena y parte con documentación falsa hacia Costa Rica con el propósito de asesinar a Pascal Allende, sobrino del ex Presidente y uno de los jefes de la resistencia chilena. También se señala que Bosch, entre sus planes tenía el asesinar a Henry Kissinger, durante una visita que el entonces Secretario de Estado tenía prevista hacer a ese país.[3] Esta versión fue confirmada ante el Senado norteamericano por la policía de

[2] Ídem, p. 39.

[3] Testimonio de Duney Pérez Álamo dado al doctor Jesús Arboleya, el 7 de junio de 1995.

Miami, la cual declaró haber recibido esta información en febrero de 1976 y haberla trasladado al FBI.[4]

Sobre los planes de atentar contra Kissinger, el emigrado Duney Pérez Álamo opinó: "Lo de Pascal Allende es posible porque Bosch actuaba por la libre y se movía en diversos frentes, pero lo de Kissinger estoy seguro que fue un cuento del *Mono* Morales[5] al FBI para buscar prestigio o dinero con ellos. Yo fui a esperar a Bosch a Costa Rica, le alquilamos una casa que nos costó 600 dólares mensuales y tuve que salir huyendo cuando la propia policía costarricense nos comunicó la información del atentado a Kissinger. Bosch se quedó y estuvo preso unos días".[6]

El atentado a Kissinger resultaba realmente poco probable, un hecho de este tipo no se ajustaba a la lógica de los intereses de la junta chilena. Kissinger había propugnado el golpe y era de los más dispuestos a encontrar un acomodo con los militares. Por otro lado, era en verdad difícil que Bosch planeara, por sí solo, una acción de tal envergadura. Las probabilidades en relación con el atentado a Pascal Allende resultaban mucho mayores. Allende era una de las figuras más perseguidas por el régimen chileno y está comprobado que otro terrorista cubano, Rolando Otero Hernández, coincidió con Bosch en Costa Rica en cumplimiento de idéntica misión para los chilenos.

Cierto o no, después de la salida del Secretario de Estado de Costa Rica, la Corte Suprema de ese país ordenó deportar a Bosch a República Dominicana después de buscar otras opciones de salida para el terrorista en más de una veintena de países que se negaron a recibirlo.

[4] John Dinges y Saul Landau: Ob. cit., p. 250.

[5] Se refiere al contrarrevolucionario cubano Ricardo Morales Navarrete, que fue informante de la CIA, del FBI y de la DEA norteamericana y quien sirvió de testigo contra Bosch.

[6] Committee on the Judiciary United States Senate, Ninety Fourth Congress: *Terroristic Activity.Terrorism in the Miami Area,* ed. cit., p. 639.

Deportar a Rolando Otero

Mientras en Cuba, el 15 de febrero de 1976 la mayoría de los cubanos votaron a favor de aprobar la Constitución de la República de Cuba, que entraría en vigor el 24 de febrero de ese año. Entre el 22 y el 24 de febrero Kissinger visitó Costa Rica.

A la cita en la capital del país centroamericano, realizada el mismo día, acudieron Ricardo Morales Navarrete,[1] cubano, miembro del equipo policial de seguridad del Presidente de Venezuela; Frank Castro, quien viajó desde República Dominicana para la reunión; y Rolando Otero Hernández, procedente de Chile. Este último le comentó a sus compañeros que, cuando arribó a Chile desde Venezuela, se presentó ante agentes de la DINA, a quienes les explicó su condición de fugitivo de la justicia de Estados Unidos, así como su militancia en el Frente de Liberación Nacional Cubano.

Otero militaba en el FLNC, que había surgido en 1973 bajo la dirección de Frank Castro y estaba integrado por una mezcla de terroristas ex integrantes de diversas organizaciones contrarrevolucionarias. Se destacó por el envío de cartas explosivas a distintas embajadas cubanas, por la colocación de bombas en misiones diplomáticas de Cuba en México, Jamaica, España y Francia, y por la realización de atentados contra entidades privadas en Miami y luga-

[1] Morales Navarrete era una de las efectivas fuentes del FBI dentro de esos grupos. En 1968 había sido el confidente que permitió la detención de Bosch Ávila y su encarcelamiento.

res públicos en Puerto Rico. Otero procedía de una familia de la oligarquía cubana. Con 16 años fue el recluta más joven de la Brigada 2506, se sintió traicionado por la CIA y entre sus fobias incluyó al propio gobierno estadounidense. Entre octubre y diciembre de 1975 desarrolló una ofensiva terrorista en Miami que comprendió la colocación de artefactos explosivos en el aeropuerto internacional de esa ciudad, en dos oficinas de correo, en la oficina de Seguro Social, en el edificio del gobierno federal, en un banco e, incluso, en la jefatura del FBI. Huyó de ese país y se refugió en Chile, poniéndose al servicio de la junta que le encomendó también el asesinato de Pascal Allende. Escapó de la detención en Costa Rica y regresó a Chile pero, contrario a lo ocurrido con Bosch, fue reclamado con insistencia por el gobierno norteamericano y el régimen chileno lo entregó a sus autoridades.[2]

Otero declaró que a uno de los agentes de la DINA, a quien no identificó, le prometió ayuda en sus operaciones a cambio de un contrato: asesinar a Luis Andrés Pascal Allende, ex secretario general del Movimiento Independentista Revolucionario (MIR), y a su esposa, Mary Anne Beausire Alonso, ambos refugiados chilenos que residían en Costa Rica. Para no equivocar la misión, el agente desconocido le entregó a Otero fotografías de los dos "blancos".

Otero y Castro comentaron, en la misma reunión, que precisamente en Costa Rica se encontraba Orlando Bosch, también fugitivo de la justicia norteamericana y residente igualmente en Chile. No obstante, ambos terroristas manifestaron sus dudas acerca de la "integridad" de Bosch, ya que no siempre terminaba sus operaciones y se atribuía acciones propias y ajenas. Aún así le asignaron la misión.

En diciembre de 1975 Rolando Otero había colocado, en dos días, nueve bombas contra "blancos" norteamericanos en Miami; por ese motivo, era buscado por las autoridades norteamericanas. Morales Navarrete informó a sus superiores en el FBI la presencia de Otero en su refugio en Chile y su deportación se puso en curso. A este paso se le ha querido atribuir un motivo de ruptura de los terroristas con los golpistas chilenos, pero esto no es cierto, la colaboración siguió más estrecha y eficaz, como lo demostró el proyecto Andrea.

[2] Ver John Dinges y Saul Landau: Ob. cit., p. 294.

El aparente enfriamiento de la relación DINA con los terroristas anticubanos pareció concluir con la deportación a Estados Unidos de Rolando Otero Hernández, alias Rolando Papillón, proceso del que da cuenta el informe del 30 de marzo de 1976. Esto no significó realmente una ruptura, intereses superiores —por las causas apuntadas— hicieron que los militares colocaran a Otero en un avión con destino a Miami.

Un documento emitido desde Buenos Aires por un oficial del FBI el 2 de abril siguiente, recomendaba la conveniencia de "deportar informalmente" a Otero y auguraba que contarían con la colaboración de las autoridades chilenas, que lo mandarían escoltado por uno de sus hombres debido al historial de violencia del terrorista.

Precisaba que, sin embargo, existía la posibilidad de que el plan se frustrara, ya que —según otro análisis del agente del FBI en Caracas del 25 de febrero de 1976— quizás el gobierno chileno rehusara deportarlo "ya que Otero había sido reclutado por la DINA para realizar actos de violencia en el exterior y, específicamente, con el fin de asesinar a Pascal Allende".

El riesgo radicaba en que la DINA podía enterarse de las intenciones norteamericanas y, a través del Ministro de Defensa, instruir "a nuestros contactos y fuentes de la policía chilena para que nieguen la presencia de este sujeto en Chile".

Finalmente, el analista concluye que si bien la DINA podía poner obstáculos, este aparato de seguridad estaba siendo tan duramente cuestionado, que Pinochet había impuesto serios controles sobre el aparato de Inteligencia para controlar mejor sus actos. De esta forma, si Otero alegaba pertenecer a la DINA, era posible que las autoridades chilenas optaran por negar cualquier vínculo con el cubano y deportarlo. "Adicionalmente" —añadía el agente del FBI— "si bien creo que es verdad que trabajó para ellos, Otero falló en la ejecución de su misión en Costa Rica, por lo que la DINA ya lo debe haber despedido".

Precisamente, otro informe —del 7 de abril de 1976— indica que Orlando Bosch, a quien Otero encomendó el asesinato de Pascal Allende, fue arrestado por las informaciones proporcionadas por Morales Navarrete al FBI, ya que su arribo a Costa Rica coincidió con la visita oficial a ese país del secretario de Estado norteamericano Henry Kissinger.

Más tarde el agente de Buenos Aires, en un comunicado confidencial del FBI —del 8 de mayo de 1976— informó al Director del organismo en Estados Unidos, que la "deportación informal" de Rolando Otero estaba en marcha con su arresto en Chile, y que el 19 de mayo de 1976, él viajaría a Santiago para coordinar la expulsión del cubano en un vuelo directo a Miami.

Según todos estos antecedentes, es posible concluir que las tres operaciones iniciales que pensaban realizar de conjunto los terroristas anticubanos con los aparatos de inteligencia chilenos —*establecer* un gobierno cubano en el exilio, *proporcionar* entrenamiento paramilitar a un ejército disidente, y *asesinar* a Pascal Allende— no llegaron a feliz término, en cambio, otras surgieron y se realizaron con total éxito meses después.

Aparentemente, las principales causas de las contradicciones entre los terroristas y los golpistas fueron, entre otras, las pugnas de poder entre las distintas facciones de los terroristas, que se desataron cuando comenzaron las conversaciones sobre el llamado gobierno cubano en el exilio, así como la imposición de los chilenos para realizar sus planes contra sus "blancos" políticos. La deportación de Otero creó cierta desconfianza en algunos terroristas con la DINA.

No sorprende entonces que, el informe del FBI del 23 de septiembre de 1976, dos días después del atentado a Letelier, acopie la opinión de Orlando Bosch en Venezuela, quien aseguró que los únicos terroristas que aún recibían apoyo de la DINA eran los hermanos Guillermo e Ignacio Novo Sampoll del MNC. De esta forma, su análisis indicaba que el asesinato del ex Canciller de la Unidad Popular, era una operación conjunta entre estos y la DINA. Esto fue cierto y nuevamente Morales Navarrete pondría al tanto al FBI de las actividades de Orlando Bosch.

A más de 30 años del golpe fascista en Chile, que consolidó los vínculos entre los militares golpistas y los terroristas anticubanos de Miami, estas revelaciones son una denuncia del nexo asesino entre estos criminales, que fueron entonces soldados a sueldo del fascismo, involucrados en proyectos tan tenebrosos y letales como el mencionado Andrea.

Nos vemos en Bonao

La integración de grupos terroristas anticubanos radicados en Estados Unidos en una alianza para operar fuera del territorio de ese país y la designación de Orlando Bosch Ávila, quien entonces residía en Chile y recibía el sostén de la DINA como su coordinador, ha sido objeto de un minucioso estudio.

Lo que parecía ser inicialmente solo un intento unitario más de los terroristas, fue en realidad una operación que trascendió el alcance y los propósitos de esfuerzos anteriores.

Los hallazgos recientes demuestran que hubo más de un encuentro en esa región de República Dominicana y que no solo participaron los grupos contrarrevolucionarios, sino además fueron convocados por la CIA y asistieron sus representantes, los de la DINA, de la DISIP de Venezuela y Michael Townley. La unión podría ser considerada parte de la Operación Cóndor y lo más revelador, los crímenes posteriormente realizados fueron acordados y aprobados en esos encuentros, incluso, los asesinatos de objetivos de interés de la DINA, como el de Orlando Letelier, también "blancos" diplomáticos de Cuba en el exterior y de países que mantenían relaciones con la isla.

El general chileno (r) Manuel Contreras Sepúlveda para sustentar sus testimonios se auxilia de documentos desclasificados de la CIA[1] para su hipótesis sobre Townley, así asevera que la División de Operaciones de la CIA en Miami —J.M. WAVE— planificó, desarrolló y

[1] Cuando se crea la CORU, el director de la CIA era George W.H. Bush. Mantiene ese cargo entre enero de 1976 y marzo de 1977.

ejecutó la reunión de Bonao que terminó en la constitución de la Coordinación de Organizaciones Revolucionarias Unidas (CORU), brazo ejecutor de las acciones.

Cita el artículo publicado en el No. 864 de la revista venezolana *Zeta*, el 22 de agosto de 1991, donde se describe la mencionada reunión y establece que el Movimiento Nacionalista Cubano no firmaría el acta constitutiva hasta no cumplir un compromiso pendiente con la DINA, que entonces consistía en eliminar a Letelier. De ser esto cierto, la DINA no habría estado presente en Bonao, no existiría contradicción para que el MNC se afiliara de inicio a la CORU y entonces Townley no trabajaría para la agencia chilena, ni habría estado presente. La presunción de Contreras aquí tiene una fragilidad no resuelta. Está establecido que en Bonao se produjeron dos reuniones, una para la alianza política y otra operativa para organizar los actos de terror que ya estaban en curso.

Para sustentar la presencia del norteamericano Townley en República Dominicana en ese encuentro, se añade el Oficio del 17 de agosto de 1993 del Director General de Migración dominicana en respuesta a un exhorto del ministro Armando Bañados, donde se informa que el 1ro de mayo de 1976 salió de República Dominicana un ciudadano identificado como Juan Torres, uno de los nombres utilizados por Townley. Se indicaba que no estaba registrada la fecha de ingreso a ese país.

El Oficio abunda en que el 18 de mayo del mismo año salió de República Dominicana un ciudadano nombrado Michael Welsh, otro de los nombres empleados e igualmente se carecía de la fecha de llegada y finalmente se informa que el 14 de noviembre se registró la salida de Andrés Brooks, tampoco se tiene la fecha de entrada. Esta identidad fue utilizada también por Townley en sus movimientos. De esta información se derivan dos elementos importantes: primero en Bonao[2] se efectuó más de una reunión; segundo el norteamericano

[2] La reunión de Bonao se efectúa en una hacienda nombrada Falcondo, donde se consolida la operación que aprobó en su inicio la realización de 16 actos de terror contra Cuba. Townley nunca reconoció haber estado en las reuniones, pero pasaportes falsos utilizados por él fueron empleados para entrar y salir de República Dominicana según la respuesta de las autoridades dominicanas a un exhorto internacional, que afirma haber registrado documentos a nombre de Juan Torres, Michael Welsh y Andrés Brooks.

utilizó para entrar un documento y otro para salir del país, por eso no aparece en ningún caso sus entradas, ardid frecuentemente empleado para borrar rastros migratorios por parte de los terroristas profesionales.

El citado documento del FBI, ofrece el seguimiento desde el origen de la CORU; se afirma que la fecha de creación de esa organización terrorista es el 11 de junio, de ser así, confirma la presencia en territorio dominicano del norteamericano entre abril y noviembre de 1976.[3]

También en noviembre de ese año, el entonces canciller de Costa Rica Gonzalo Facio, denunció que desde Guatemala se fraguaba una conspiración contra el gobierno costarricense que, según el funcionario, era dirigida por el terrorista Orlando Bosch.

El extremista Movimiento Costa Rica Libre le proporcionó a Bosch apoyo público, asesoría legal y ayuda económica. Ese mismo mes fueron procesados en Costa Rica los miembros del llamado Comité Pro Verdad Chilena, una organización vinculada y financiada en San José a la embajada de la junta fascista chilena. El principal agitador era el terrorista de origen cubano Evaristo García Sarmiento, quien había pertenecido al Movimiento Nacionalista Cubano en Estados Unidos.

Este grupo terrorista estaba involucrado en la colocación de bombas contra dependencias gubernamentales, un semanario y varios locales de partidos políticos que se oponían a los fascistas. Sus actividades fueron descubiertas cuando uno de sus integrantes fue detenido tras colocar una bomba en el *Semanario Pueblo.*

El día 9 de noviembre, el vespertino *El Bogotano* informó que una red internacional de terroristas integrada por cubanos de Miami, poseía ramificaciones en Colombia. Había identificado a uno de sus miembros, Ciro Gómez, quien según los controles de inmigración había tenido varias entradas y salidas de Colombia.

Los nexos entre Bosch y Gómez eran conocidos por reiterados encuentros de ambos en Bogotá y Cali, tras los cuales se perpetraron diversos atentados contra instalaciones de países socialistas y lati-

[3] El 10 de noviembre es secuestrado en Buenos Aires el empleado argentino de la embajada de Cuba Ramón Pérez y todavía está desaparecido. La CORU se adjudicó la acción.

noamericanos que habían restablecido relaciones con Cuba. Bosch en ese mes estaba siendo investigado en Venezuela por estar sindicado de ser uno de los instigadores del sabotaje al avión cubano en Barbados.

Según documentos presentados a su favor en el proceso de apelación, el general Contreras afirma que las reuniones de Bonao efectuadas entre mayo y junio, fueron convocadas por la CIA; a juzgar por un documento de esa agencia que él no identifica, la reunión habría sido coordinada por un oficial identificado como Zacha Volman y a la misma asistieron miembros de la DISIP venezolana.[4]

Contreras niega que Townley haya asistido a esas reuniones como representante del Presidente de la República de Chile y de la DINA. "Nadie de la DINA supo de este viaje de Townley por cuanto él viajaba al extranjero cuando lo estimaba conveniente ya que su calidad de agente de la CIA se lo permitía".[5]

Lo que no puede explicar la presunción del general Manuel Contreras es por qué, si Townley era solo agente de la CIA[6] y actuaba por su encargo, se dedicaba a eliminar obstáculos de la DINA, todos sus actos de terror entrañaban un beneficio para la agencia chilena. Entonces por qué negar su pertenencia a la misma, si en rigor actuó como un colaborador "no solicitado" pero efectivo, que llegó a donde el general no pudo. Este elemento da otra sombra a su tesis.

[4] Otras fuentes narran que otros grupos como Alpha 66, también se integraron durante una convención en San José, Costa Rica, convocada por el oficial CIA, Lawrence Sternfield. Para octubre de 1978 Sternfield ya había sido nombrado jefe de la estación CIA en México y era el brazo derecho de George H. W. Bush como director general de la Agencia.

[5] Testimonio obra en archivo del autor.

[6] Según Contreras, Michael Townley era agente de la CIA desde el 25 de noviembre de 1970 y su situación no tuvo variación hasta la fecha en que fue expulsado de Chile, en abril de 1978. Se sustenta en documentos de la CIA, pero en realidad lo que revelan estos no es así, establecen un límite de 5 años antes.

La Operación CORU

La afirmación de que la CORU fue una operación de la CIA, es constatada en un documento de la embajada de Estados Unidos en Chile. En un memorando dirigido al Departamento de Estado con fecha 12 de septiembre de 1978 y calificado de "Secreto Sensible" con destinatarios a la Oficina de Chile en Washington y a la Estación JM WAVE en Miami, se expone que fue redactado por la División de Seguridad a solicitud de John Hall.

En sus comentarios se destaca que: "Según instrucciones anteriores, recibidas por esta dependencia, se comunica: La División de Operaciones en Miami, planificó, desarrolló y ejecutó la reunión en Bonao, para establecer el apoyo de la CORU".[1]

Otro comentario resulta revelador y valida lo que históricamente se ha aceptado sobre el asesinato de Letelier. En esta reunión de Bonao: "Se concibe y se desarrolla el atentado del señor Orlando Letelier del Solar con la participación de las siguientes personas y sus respectivas agencias:

"Movimiento Nacionalista Cubano (MNC): Felipe Rivero Díaz, José Dionisio Suárez, Orlando Bosch, José Ponjoan, Ricardo Pastrana, Vladimir Secen (croata pro nazi), Armando Santana Álvarez.

"Brigada 2506: Gustavo Castillo Díaz y Gaspar Jiménez.

"Alpha 66".

[1] Véase un documento en anexo de este libro.

El comentario final es lapidario: "Se establece que los nombres y claves de entrada estaban en conocimiento del Señor Bush. Se establece que dicha reunión fue patrocinada por nuestra agencia, en la cual se encontraban los jefes máximos de las distintas organizaciones activistas, con implicancia revolucionaria". El documento está firmado por el funcionario Williams Lam.

El principal gestor de la CORU, Orlando Bosch,[2] fue liberado y abandonó Costa Rica; marchó a República Dominicana. Este aportó una nueva cualidad a la actividad contrarrevolucionaria, toda vez que significó la integración de una de las redes de terrorismo internacional más grande y agresiva del mundo. A ella se incorporaron las principales organizaciones contrarrevolucionarias existentes en esos momentos; la junta fascista chilena resultó un factor de inspiración y apoyo para la articulación de esta coalición, pero algo así no podía haber ocurrido sin contar con la complacencia del gobierno estadounidense. La CORU surgió después que Gerald Ford abandonó la política encaminada a buscar un arreglo político con Cuba y el conflicto angolano estaba en el centro de las contradicciones entre los dos países. De hecho, la mayor parte de sus acciones hallaron una pretendida excusa en el apoyo cubano a la revolución angolana. Acerca de esto declaraba, en 1979, un veterano oficial antiterrorista de la policía de Miami a los investigadores John Dinges y Saul Landau: "Los cubanos llevaron a cabo la reunión de la CORU a solicitud de la CIA. Los grupos cubanos [...] actuaban frenéticamente a mediados del 70 y Estados Unidos había perdido control sobre ellos. Por tanto, Estados Unidos apoyó la reunión para lograr tenerlos a todos en la misma dirección nuevamente, bajo el control de Estados Unidos. La señal básica fue adelante y hagan lo que deseen, fuera del territorio de Estados Unidos".[3]

[2] Información sobre la trayectoria de Orlando Bosch aparece en diversas publicaciones cubanas y extranjeras. Ver, entre otras, a Rivero Collado: *Los sobrinos del tío Sam,* Editorial de Ciencias Sociales, La Habana, 1976; Dinges y Landau: Ob. cit.; Hinckle y Turner: Ob. cit.; Julio Lara: *La verdad irrebatible sobre el crimen de Barbados,* Editora Política, La Habana, 1986; José Luis Méndez Méndez: *Los cuervos del imperio y Salvar al mundo del terrorismo,* Editora Política, 2003.

[3] John Dinges y Saul Landau: Ob. cit., p. 251.

A la reunión asistieron representativos de la Asociación de Veteranos de Bahía de Cochinos (Brigada 2506),[4] constituyó un agrupamiento ideológicamente indefinido, unido solo por el criterio de la necesidad de extender el terrorismo internacional contra Cuba. Aunque la reunión fue organizada por Frank Castro, esposo de la hija de un alto oficial dominicano y jefe del FLNC, Orlando Bosch fue aceptado como jefe de la alianza. La constitución de la CORU no era un hecho marginal al movimiento contrarrevolucionario, sino un resultado integral de su evolución; incluso políticos como Miró Cardona, por lo general identificados con corrientes más moderadas, habían manifestado su apoyo a esta estrategia: "Estamos solos, absolutamente solos... sólo hay una ruta a seguir y la seguiremos: violencia, la internacionalización de la lucha por la libertad de Cuba a todos los niveles".[5] La integración pública de la organización contrarrevolucionaria Abdala[6] a esta corriente también reafirma este patrón; hasta esos momentos, se había presentado como una organización cívica, integrada por jóvenes de origen cubano empeñados en contrarrestar el movimiento estudiantil progresista opuesto a la guerra en Vietnam y que reclamaba otra política hacia Cuba. Su incorporación a la CORU confirmaba las conexiones anteriores de Abdala con los grupos terroristas, cuestión ya advertida por la policía de Miami, que la vinculaba con el FLNC, aunque acaso también tuviera contactos con otras organizaciones.[7]

[4] En 1976 la Brigada 2506, con quizás unos 500 miembros activos, estaba compuesta por mercenarios de la derrotada invasión de Playa Girón y otros simpatizantes. El 29 de junio de 1976 se produjo una reunión en la New England Oyster House en Coral Gables, Florida, con la asistencia de dos chilenos, dos emigrados cubanos y un norteamericano. Entre los participantes se incluía Héctor Durán, Bernardo de Torres y Armando López Estrada, de la Brigada 2506; el general Manuel Contreras Sepúlveda, jefe de la DINA y Michael V. Townley.

[5] Hilda Inclán: "Cardona inspires Accion Cubana, Anti-Castro leader Seeks Unity", en *Miami News,* 22 de marzo de 1974. Tomado de Saul Landau: *Cronología de Actividades de la Fundación Nacional Cubano-Americana.* Documento no publicado.

[6] El nexo entre Abdala con grupos terroristas fue estudiado en extenso en la Audiencia del Comité de Inteligencia del Senado de Estados Unidos en mayo de 1976.

[7] Committee on the Judiciary United States Senate, Ninety Fourth Congress: *Terroristic Activity.Terrorism in the Miami Area,* Ed. cit., p. 636.

Dos meses después de fundada la CORU, Orlando Bosch fue expulsado también de Chile. Las causas no están claras, pero este hecho, junto con la entrega de Otero, originó dudas en algunos de los grupos terroristas en cuanto a la lealtad teórica y manifiesta del régimen chileno. Sin embargo, esto no impidió que en apenas un año la CORU sembrara el terror a todo lo largo del continente americano. En julio de 1976 colocaron una bomba en el equipaje de un avión de pasajeros de Cubana de Aviación en Jamaica, estaba previsto que explotara al despegar, pero un retraso de la salida provocó que ocurriera en tierra. Ese mismo mes realizaron atentados con explosivos en la oficina de la British West Indian Airline y en el auto del gerente de Cubana de Aviación en Barbados; ametrallaron la embajada cubana en Colombia, hicieron estallar una bomba en la oficina de Air Panama y en el auto de un funcionario colombiano encargado de las relaciones con Cuba; intentaron secuestrar al Cónsul cubano en Mérida y en la operación asesinaron a un funcionario que lo acompañaba, Artaignán Díaz Díaz; por último, tres miembros del MNC fueron detenidos en Nueva York cuando colocaban una bomba en una Academia de la Música, donde actuaba un grupo cubano.

Inmediatamente después de constituida la alianza CORU como se ha explicado, comienzan los actos terroristas en los más diversos y distantes parajes, lo que sugiere que los mismos estaban preparados y articulados previamente con el empleo de sólidos recursos, armas, explosivos, documentación y poder de movimiento, así como el estudio de los "blancos" a golpear.

Esta capacidad indica la presencia de estructuras no propias de las organizaciones terroristas, al menos debió existir un asesoramiento de las agencias norteamericanas. Un balance de sus fechorías entre julio de 1976 y el mismo mes de 1977, arroja que cometieron 25 hechos en 14 países de América Latina, Caribe y Europa.[8] No solo colocaron bombas contra representaciones diplomáticas cubanas, prepararon secuestros, planearon hacer estallar naves en pleno vuelo y lo lograron en el caso del avión de Cubana de Aviación en Barbados, a pesar de exigir de otras operaciones complejas que

[8] El 28 de septiembre de 1977 las autoridades del Instituto Cubano de la Pesca en Islas Canarias, identifican que Guillermo Novo Sampoll se encontraba allí y había merodeado la base cubana.

requirieron estudio, acopio de información, accesos a instalaciones y coordinaciones internacionales para alcanzar sus propósitos.

Los hallazgos logrados en las investigaciones realizadas sobre la participación en su constitución de representantes de instituciones represivas del gobierno norteamericano y de dictaduras de América Latina, permiten aseverar que la CORU, fue más allá de una simple alianza de intenciones unitarias con fines propagandísticos, para inspirar confianza y renovar las recaudaciones en la emigración; es evidente que fue una operación concebida en su origen por mecanismos profesionales, con una selección cuidadosa de los objetivos, no solo por el probable fácil acceso a los mismos, sino por el impacto que causaría y el efecto en la opinión internacional.

Los documentos desclasificados del FBI muestran el seguimiento meticuloso, pero a la vez tolerante, que esa agencia dio a la creación de la CORU, más de ocho fuentes de la misma informaron, con detalles mínimos, que solo testigos presenciales pueden haber relatado lo acontecido y decidido en Bonao.

Otra característica criminal de los actos fue la búsqueda de víctimas humanas por encima de los daños materiales.

El terrorista anticubano Guillermo Novo Sampoll, quien estuvo detenido en Panamá hasta el 26 de agosto de 2004 cuando fue indebidamente indultado por su gobierno, fue uno de los terroristas anticubanos del Movimiento Nacionalista Cubano, participante principal en la conspiración para el asesinato de Letelier. En una afectuosa carta al dictador Augusto Pinochet, le solicitaba la creación y asiento en Chile de un gobierno de emigrados cubanos con su respectivo ejército. Esta solicitud y otros servicios prestados posteriormente a la Inteligencia de ese país, como el encargo de asesinar a Pascal Allende en Costa Rica, son algunos hitos que sustentan la estrecha relación que existió entre los terroristas y el gobierno militar chileno.

El 5 de julio de 1976, Guillermo Novo Sampoll, segundo al mando del MNC, envió la misiva, dos meses antes del asesinato de Letelier; en la misma expresó respetuosamente los deseos de "buena salud" para Pinochet "ya que de esta manera Ud. podrá continuar guiando al pueblo chileno y respondiendo por los intereses de la nación de Chile como hasta ahora lo ha hecho".

Al mismo tiempo le solicitó antecedentes sobre la deportación a Estados Unidos del terrorista Rolando Otero, miembro del MNC, que residía en Santiago desde febrero. En una parte decía: "[...] Cualquier respuesta que Ud. desee darnos sobre el caso Rolando Otero puede hacérnosla llegar por intermedio del mayor Eduardo Iturriaga quien está bajo las órdenes del coronel Manuel Contreras". Este último entonces, estaba a cargo de la Inteligencia de Chile y era el contacto directo entre el régimen y sus mercenarios anticubanos. Novo adjuntó a esta carta una copia de la misiva enviada, ese mismo día, al cónsul general de Chile en Nueva York, Sergio Crespo, y al agregado naval chileno en Estados Unidos, Ronald McIntyre.

En esta última, agradecía al funcionario en términos muy familiares como a "Mi querido Sergio", la invitación que le efectuara a participar en las fiestas de bienvenida al buque de la armada chilena *Esmeralda,* que en viaje de instrucción naval llegaría a Nueva York el 7 de julio. La historia de las buenas relaciones que el gobierno militar de Chile había establecido con los Novo Sampoll, se remontaba a noviembre de 1974. Este amplio nexo de beneficio mutuo, que incluyó la entrega y ayuda en el traslado de explosivos para operaciones terroristas, así como planeación y ejecución de actos de terror, quedó en evidencia al hacerse públicos los numerosos documentos recientemente desclasificados por Estados Unidos, especialmente en los del FBI.

De acuerdo con estos informes, el 5 de diciembre de 1974, Fidel Valdés, presidente del llamado Comité progobierno de Cuba en el exilio, envió una carta al gobierno de Chile solicitando una entrevista personal con Pinochet. La respuesta positiva, fechada el 23 de diciembre del mismo año, lleva la firma del brigadier general y ministro secretario general de gobierno de entonces, Hernán Bejares González. En esta, el general Pinochet accede a encontrarse con ellos en enero de 1975, en una fecha que pronto se confirmaría.

En un informe de la agencia federal norteamericana dirigido al Director del FBI el 29 de abril de 1986, dice: "[...] el 17 de marzo de 1975 un informante me contó que un grupo de exiliados cubanos viajó a Chile para reunirse con el Presidente Pinochet [...]". El mismo Pinochet, además, había ofrecido mediar ante los jefes militares en el poder en Paraguay y Uruguay con el fin de conseguir sus respectivos “patrocinios” para lograr crear la representación deseada.

Según otros documentos del FBI, meses antes había existido una oferta similar de crear un gobierno de emigrados cubanos en Chile, pero esta vez la hizo un misterioso general chileno de apellido Hugarte a Orlando Bosch, quien entonces estaba a cargo de la organización Acción Cubana.

Un informe del FBI de fines de 1974 confirma que Bosch vivía en Chile desde el 10 de diciembre de ese mismo año, después de haber sido detenido brevemente en Venezuela, por haber realizado actos terroristas, y se solicitó su deportación a Estados Unidos donde supuestamente era buscado, pero las autoridades estadounidenses no estaban interesadas en tenerlo de regreso. Ante la ausencia de pedido de extradición, Bosch fue expulsado. Fue en ese momento, según el informe del FBI, cuando Hugarte lo invitó a vivir en Chile para iniciar el gobierno de contrarrevolucionarios cubanos, que representaría a todos los opuestos a la Revolución Cubana en el mundo y podrían trabajar con gran apoyo para derrocarla.

Después de su arribo a Chile, el 3 de diciembre de 1974, dos figuras principales de la contrarrevolución cubana en Estados Unidos, Jorge Mas Canosa y Ramiro de la Fe, solicitaron a la Junta Militar de Chile la autorización para la permanencia de Bosch en ese país. Fueron ellos mismos quienes revelaron que el gobierno chileno le proporcionaría pasaporte y todas las facilidades a Bosch para que realizara acciones terroristas fuera de Chile. El beneficio anexo era que, una vez perpetrados los delitos, él y sus cómplices podrían regresar a Chile sin inconvenientes.

Los nexos entre la junta fascista de Chile y los terroristas anticubanos habían estado bien identificados por el FBI, que seguía el curso de esas relaciones que no afectaban sus objetivos para el empleo de los extremistas en sus planes contra Cuba. Lo anterior fue confirmado por un documento del 17 de diciembre de 1974. En este, un informante del FBI identificado como “MM-T1” señaló que Juan Pérez Franco, presidente de la Asociación de Veteranos de la Bahía de Cochinos, conocida también como Brigada 2506, reveló que Chile había ofrecido entrenamiento paramilitar a los terroristas anticubanos.

Los coordinadores de este plan serían Jorge Mas Canosa, entonces miembro de la organización Representación Cubana en el Exilio (RECE) y el entonces embajador chileno ante las Naciones Unidas, Julio Durán. La misma agrupación que financió las acciones terroristas de Luis Posada Carriles en 1965 y después en 1997 cuando Mas Canosa estaba al frente de la Fundación Nacional Cubano Americana (FNCA).[9]

Durán, casi un mes antes había prometido ayuda a los contrarrevolucionarios de Miami, luego del cual sostuvo una reunión secreta con terroristas del FLNC, organización que entonces desarrollaba una amplia campaña terrorista dentro y fuera de Estados Unidos.

Estos le plantearon que necesitaban usar las valijas diplomáticas chilenas para transportar explosivos plásticos a distintos lugares del mundo. Durán aceptó esta solicitud pero señaló que debía pedir autorización a la embajada chilena en Washington.

Otro documento fechado el 10 de enero de 1975 informa que la fase de reclutamiento de cubanos exiliados ya estaba en marcha para la creación del ejército contrarrevolucionario. El gobierno chileno había dispuesto instalaciones para 2 000 reclutas donde serían sometidos a entrenamiento paramilitar. El "convenio" también incluía la manutención de sus familias, es decir, de hecho se convertían en mercenarios.

En enero de 1975 se habían iniciado las rondas de conversaciones secretas entre representativos de Cuba y Estados Unidos, para distender las relaciones entre los dos países. Henry Kissinger, entonces secretario de Estado, había aprobado esa iniciativa, que lo colocó en la mira de los terroristas anticubanos.

[9] Organización contra Cuba, creada en Estados Unidos, el 6 de julio de 1981, integrada por millonarios cubanos, algunos con antecedentes terroristas y de la cual Mas Canosa fue el presidente de su junta de directores, hasta el momento de su muerte el 23 de noviembre de 1997.

Las operaciones Cóndor y CORU se unen

Maten al Embajador de Cuba

Emilio Aragonés Navarro era el embajador de Cuba en Argentina en 1975, había sido miembro de la dirección política de la Revolución, internacionalista en el Congo, un destacado revolucionario y la CIA conocía que apoyaba los movimientos revolucionarios en el Cono Sur, particularmente a los exiliados chilenos que después del golpe militar de septiembre de 1973, buscaban protección de cualquier país solidario que les diera refugio; Cuba había recibido a cientos de chilenos que escapaban de la represión. Aragonés era, entonces, miembro del Comité Central del Partido Comunista de Cuba.

El 13 de agosto un comando de Acción Cubana intentó asesinar a Aragonés en el propio centro de Buenos Aires. Desde un transporte en marcha abrieron fuego contra su automóvil, que destrozó el parabrisas del vehículo acompañante del diplomático, y causó heridas menores a uno de los escoltas cubanos.

Inmediatamente Acción Cubana se acreditó la acción en sus comunicados a las otras organizaciones terroristas de Miami, para preservar el mérito que le permitiría recibir el favor económico de los contribuyentes de esa ciudad; sin embargo, toda una fachada propagandística se había urdido para desorientar a las autoridades que buscaban a los verdaderos autores. El 22 de agosto varios medios argentinos publicaron comunicados de un supuesto Consejo Revolucionario Anticomunista Latinoamericano (CRAL), que reconocía la autoría del atentado contra el diplomático.

La declaración del fantasmagórico consejo decía: "Los hombres revolucionarios de América, preocupados por el avance del comunismo en nuestros pueblos, hemos constituido un frente solidario, el cual se conocerá como CRAL. Nuestra meta es internacionalizar la guerra a niveles continentales, aplicando justicia a los traidores de la libertad de Cuba. Nuestras aspiraciones son las mismas que animaron a nuestros próceres: libertad y justicia. Por tanto hacemos un llamado a todos los hombres anticomunistas de América para que se apresten a la lucha en cualquier parte donde radiquen. Nuestra primera acción fue el atentado contra el Embajador de Cuba comunista en Argentina, Emilio Aragonés. Las ráfagas de ametralladoras y la metralla harán comprender a los servidores castristas que no existen fronteras que detengan la acción de los hombres que aman la libertad. Por ser Cuba el único país de América donde impera un régimen comunista declarado y por ser este país el que más ha sufrido bajo este infrahumano sistema, hubimos de acordar que fuera Acción Cubana y su dirigente Orlando Bosch, quienes dirigieran esta primera acción dentro de la nueva y prometedora etapa que comienza".

Junto al comunicado aparecía la composición de la supuesta alianza, que estaba integrada por: Acción Cubana, Trinchera Argentina, Fuerzas Anticomunistas Ecuatorianas (FAE); Asociación Peruana Anticomunista (APA); Asociación Revolucionaria Anticomunista y Asociación Evangélica Independiente de México. El lema de esta alianza era: "Ayer, hoy y mañana, la justicia es soberana".

La opinión de entendidos de la época calificaban de "invento" propagandístico de Bosch el mencionado CRAL y se inclinaban en considerar que el atentado contra Aragonés había sido realizado por Acción Cubana en alianza con la Triple A argentina en contubernio con la DINA de Chile, que le había dado cobija al terrorista anticubano.

El mismo día 22, el semanario *Libertad* de Miami revelaba que Bosch, después de vivir varios meses en Chile, se había trasladado a Bogotá, Colombia; según entendidos esta noticia era una forma de proteger al criminal.

De forma sospechosa el 27 de septiembre de 1975 estallaron dos bombas en Bogotá, una frente a la embajada soviética y la otra en el planetario distrital en el que se exhibían películas cubanas. A los pocos días la prensa de Miami divulgaba partes de guerra donde decían que: "Fuerzas combinadas del Frente de Liberación Nacional de Cuba y del Movimiento 17 de Abril, llevaron a efecto en la madrugada del 27 dos acciones contra la Embajada Rusa y el Planetario donde se hacía propaganda y se exhibían películas de la tiranía castrista". "Estas acciones y otras que se llevarán a efecto son nuestras respuesta a los que quieren coexistir o negociar con la dictadura Castrocomunista".

También el libelo *Alerta* en Miami se sumaba el mismo día a la desinformación, en un cintillo de primera página publicó: "Ola de atentados a líderes rojos. Dirige Orlando Bosch la acción". En el texto se amenazaba: "No tendrán la vida segura en ninguna parte del mundo los cómplices de Castro, ni los agentes del comunismo internacional porque a partir del frustrado atentado al Embajador castrista en Argentina, Aragonés Navarro, internacionalizaremos la lucha a nivel continental". Aseguraba, el medio, haber recibido ese mensaje directamente desde Chile en la voz del jefe principal de Acción Cubana, Orlando Bosch.

Después se conoció que los autores materiales del atentado fueron los terroristas anticubanos Gaspar Jiménez Escobedo y Aldo Vera Serafín y que las armas empleadas en la acción serían utilizadas después en el intento de secuestro del Cónsul de Cuba en Mérida, el 23 de julio de 1976.

Siete meses antes, en enero de 1975, de regreso de uno de sus viajes a Estados Unidos para comprar medios electrónicos para las operaciones de la DINA, Michael Townley, recibe una misión operativa secreta de alto riesgo. En marzo de ese año se reunirían en México los principales opositores del régimen fascista chileno, entre ellos el número uno en la lista de la DINA: el dirigente socialista chileno Carlos Altamirano, además el comunista Volodia Teitelboim. Townley recibió un anticipo de 5 000 dólares para la exploración inicial.

A este operativo se sumó el terrorista del MNC, Virgilio Pablo Paz Romero, recomendado por los hermanos Novo Sampoll para representarlos ante la Operación Cóndor. Se inicia otra "caravana de la muerte" que partiría desde Santiago de Chile, con diversas misiones

NUESTRA PRIMERA ACCION: EL ATENTADO AL EMBAJADOR DE CUBA EN LA ARGENTINA

Trataron de matar a Emilio Aragonés en Buenos Aires

Desde un carro en marcha abrieron fuego de ametralladoras contra el auto donde viajaba el Embajador de Castro en Argentina, Emilio Aragonés Navarro, resultando ileso el representante castrista.

El hecho ocurrió ayer, cuando Aragonés regresaba a la sede de la Embajada en Buenos Aires, procedente del suburbio de Belgrano. El ataque se produjo en los momentos en que al carro de Aragonés y el de sus guarda espaldas, que le seguía, iban a entrar en el garage de la Embajada. Los disparos destrozaron el parabrisas del auto de los guarda espaldas y uno de ellos, que no fue identificado, resultó herido por los fragmentos de cristales. No se reportaron otros lesionados.

La Policía no ha podido identificar a los agresores. Fuentes de la Embajada dijeron que era la primera vez, desde que Argentina reconoció al Gobierno de la Habana, en 1973, que se producía un hecho de violencia contra diplomáticos cubanos.

CONSEJO REVOLUCIONARIO ANTICOMUNISTA LATINOAMERICANO

Los hombres revolucionarios de América, preocupados por el avance del comunismo en nuestros pueblos, hemos constituido un frente solidario, el cual se conocerá como "Consejo Revolucionario Anti-Comunista Latinoamericano" (CRAL). Nuestra meta es internacionalizar la guerra a niveles continentales, aplicando justicia a los traidores de la causa de la libertad.

Nuestras aspiraciones son las mismas que animaron a nuestros próceres: libertad y justicia. Por tanto hacemos un llamado a todos los hombres anti-comunistas de América para que se apresten a la lucha en cualquier parte donde radiquen.

Nuestra primera acción como Consejo Revolucionario Anti-Comunista Latinoamericano, fue el atentado al embajador de la Cuba comunista en la Argentina *Emilio Aragonés*. Las ráfagas de ametralladoras y la metralla, harán comprender a los servidores castristas que no existen fronteras que detengan la acción de los hombres que aman la libertad.

Por ser Cuba el único país de América donde impera un régimen comunista declarado y por ser este país el que más ha sufrido bajo este infra-humano sistema, hubimos de acordar que fuera "*Acción Cubana*" y su dirigente *Orlando Bosch*, quienes dirigieran y realizaran esta primer acción dentro de la nueva y prometedora etapa que comienza.

Las organizaciones que formamos parte del "Consejo Revolucionario Anti-Comunista Latinoamericano" y que firmamos este parte somos: "*Acción Cubana*" (*A.C.*), "*Trinchera Argentina*" (*T.A.*), "*Fuerzas Anti-Comunistas Ecuatorianas*" (*F.A.E.*), "*Asociación Peruana Anti-Comunista*" (*A.P.A.*), "*Asociación Revolucionaria Anti-Comunista*" (*A.R.A.V.*), "*Asociación Evangélica Independiente de México*" (*A.E.I.M.*).

Nuestro lema: *Ayer, hoy y mañana: la justicia es soberana.*

de exterminio de la DINA. Este intento fracasa cuando Townley, su esposa Inés y su pupilo Paz, llegan a la capital mexicana después de terminado el encuentro.

El 28 de enero de 1975 el FLNC, coloca una bomba contra una residencia de refugiados chilenos en el Distrito Federal de México, donde ocasiona daños considerables.

Inés Callejas regresa a Santiago, mientras el binomio Townley-Paz, viajan a Nueva Jersey donde se oficializa con Guillermo Novo la unión ejecutiva de la DINA con el MNC. También el norteamericano contratado por Contreras, hace contactos con la organización terrorista de Miami, Frente de Liberación Nacional Cubano que en ese momento estaba en pacto ejecutivo con Abdala, de la misma tendencia.

El 8 de diciembre de 1975 una bomba estalló en el consulado mexicano en Buenos Aires, Argentina, destruyendo todas las ventanas del inmueble y de restaurantes y tiendas del sector comercial colindante. Un hombre con acento cubano se adjudicó el atentado diciendo que era "un repudio al traidor Luis Echeverría quien se abrazó con Fidel Castro". El entonces presidente de México, había sostenido entrevistas con el Presidente de Cuba y el 17 de agosto había realizado una visita oficial a la isla.

Mientras, Eugenio Berríos, un científico de la DINA, paulatinamente, se fue integrando a todas las actividades de la célula Quetropillán. Participó en los preparativos del viaje que Townley y su esposa, Inés,[1] realizaron a México, en febrero de 1975,[2] en el cual

[1] Inés Callejas declaró el 2 de agosto de 2004 "tengo una vaga idea de que en alguna ocasión visitó nuestra casa el ciudadano cubano Guillermo Novo, sin poder precisar fecha de esa visita, ni qué cosas se trataron con él [...] incluso en fecha cercana al atentado a Letelier en Estados Unidos, la relación entre la DINA y los cubanos no era buena, fundamentalmente porque no le habían cumplido las promesas a Virgilio Paz. Esto lo pudo comprobar Michael (Townley) cuando los va a contactar para el atentado a Letelier [...]" La declaración aparece en esta obra.

[2] Townley en 1993 declaró al periodista chileno Marcelo Araya que él recibió la orden del director de la DINA, Manuel Contreras de viajar a México en febrero de 1975, para boicotear la reunión de partidos socialistas a donde asistiría Carlos Altamirano, a quien debía eliminar físicamente. No solo recibió esa misión, debía comprar equipos para detectar escuchas, instalarlas y además otros componentes

participó Virgilio Paz, para hostigar a exiliados chilenos. El 14 de febrero de 1975, antes de llegar a México, Townley compró en Miami medios electrónicos encargados por la DINA, para ello falsificó la firma de un suboficial de la misión militar chilena en Estados Unidos. Para entrar a México —según consta en el proceso contra los terroristas anticubanos inculpados en el caso Letelier y en sus declaraciones en 1992—, Paz Romero, quien lo acompañó, le entregó en Miami dos licencias de conducir en blanco, del estado de Nueva Jersey enviadas por el MNC. Con ellas Townley las confeccionó con los nombres de Andrew Brooks y Ana Brooks, con ellas entraron y salieron de México, regresando ambos a Chile el 17 de mayo de 1975.

Inés Callejas recuerda: "En relación con los cubanos de Miami, Virgilio Paz, los hermanos Novo y Dionisio Suárez, puedo señalar que los conocí en Estados Unidos en el año 1975, en circunstancias que acompañé a Michael *[Townley]* a ese país, llevándoles unos encargos de parte del general Contreras, en una especie de comienzo de relación. Recuerdo que en esa ocasión se conversó la situación de estos ciudadanos, quienes comentaron que después del 11 de septiembre de 1973, vinieron a Chile, los arrestaron y deportaron a Estados Unidos. Sin embargo, Contreras quería ganarse la confianza de ellos, cosa que preliminarmente se logra, ya que después de permanecer unos tres días en Estados Unidos, viajamos junto a Virgilio Paz a México, donde permanecí junto a ellos unos diez días. Finalizado ese tiempo, me devolví a Chile y ellos continuaron en México. Después de ese viaje y antes del atentado a Letelier, el señor Virgilio Paz vuelve a Chile y nos visita a nosotros en Lo Curro, quedándose alojado en nuestra casa [...]".[3]

En las declaraciones de Townley sobre este intento de asesinato en México se identificaron algunas contradicciones a tal extremo que

---

electrónicos; por ese motivo llegan cuando la reunión se ha terminado y pierde esa oportunidad para cumplir su misión de soldado de la DINA: asesinar. En declaraciones de Townley al entonces subcomisario chileno Rafael Castillo Bustamante, quien lo entrevistó en Estados Unidos, dijo haber recibido 30 mil dólares de manos del general Contreras y que es testigo de esa entrega su entonces ayudante, el capitán Alejandro Burgo de Beer.

[3] Declaraciones de Mariana Inés Callejas el 2 de agosto de 2004, en Santiago de Chile. Véase a continuación esa declaración policial, pp. 83-86.

se evidenció que mentía premeditadamente en algunos datos. En ocasiones dijo haber llegado tarde para la acción en un solo día, en otro momento que había sido en un mes debido a otras misiones de compra de equipos solicitada a él por la DINA. Dijo haber volado de San Antonio, Texas, en avión hacia Monterrey y en más de una ocasión dijo que él, Inés y Paz Romero viajaron todo el tiempo en una casa rodante.

Townley en ocasiones hacía gala de su memoria, recordaba mínimos detalles de esta misión, incluso dónde, cuándo y en qué gasolineras había echado combustible a su auto, pero admitía tener confusión en la llegada a México con la diferencia de un mes como hizo durante el proceso No. 78-367 de mayo de 1981, que juzgó ante el Tribunal de Columbia a los terroristas anticubanos Guillermo Novo Sampoll y Alvin Ross Díaz. Townley con reiteración cambió su testimonio en su expediente de extradición a Estados Unidos.

A N E X O   N°___________/

DECLARACION POLICIAL DE MARIANA INES CALLEJAS HONORES.

En Concón, a dos días del mes de agosto del año dos mil cuatro, siendo las catorce horas con diez minutos, en dependencias de la Avanzada Concón de la Policía de Investigaciones de Chile, se procede a tomar declaración policial a doña **Mariana Inés CALLEJAS HONORES**, chilena, nacida en Rapel el día 11.ABR.932, casada, escritora, cédula de identidad Nº 2.267.857-4, domiciliada en Borneo Nº 2.599, La Reina, fono 2267787; quien manifestó:

"Con relación a los hechos que se investigan, puedo señalar que antes de ocurrido el pronunciamiento militar, yo era simpatizante del movimiento político "Patria y Libertad", opositor al gobierno de la Unidad Popular. En esa época, ya me encontraba casada con el ciudadano norteamericano Michael TOWNLEY, con quien contraje matrimonio en el año 1961. Mi esposo, también participaba en las actividades de "Patria y Libertad".

Para los sucesos del día 11 de septiembre de 1973, me encontraba radicada en Miami, Estados Unidos, junto a mi esposo Michael TOWNLEY y tres de mis hijos. El motivo de estar en Estados Unidos fue debido a que mi esposo debió abandonar Chile en marzo de 1973, por un motivo judicial ocurrido en Concepción. Mi esposo era requerido por la justicia por el caso de Concepción, en el que resultó muerto una persona que dormía en una casa desocupada, ubicada al lado de unos equipos que interferían con la señal del Canal 5 de Talcahuano de la Iglesia Católica. La participación de Michael en este hecho, se debió a una solicitud del sacerdote Raúl HASBÚN.

Por el cambio de gobierno, regresé a Chile el 21 de septiembre de 1973. Michael y los niños, lo hicieron antes de la Navidad del mismo año. En consideración a que se mantenía pendiente el requerimiento judicial en su contra, mi esposo volvió a nuestro país con un pasaporte falso, a nombre de Kenneth ENYART.

En un principio, las cosas estaban un poco difíciles, ya que mi esposo trabajaba en un taller de reparaciones de vehículos en Las Condes, cosa que se mantuvo hasta mediados del año 1974.

Aproximadamente, en la primavera del año 1974, a mi marido lo contactó el Coronel Pedro ESPINOZA BRAVO, para ofrecerle un cargo en el taller de electrónica de un servicio secreto en formación, la Dirección de Inteligencia Nacional (DINA). Junto con incorporar a Michael a la DINA, también se me incorporó a mí con un sueldo mínimo, para aumentar el ingreso familiar, sin que me hubiese correspondido realizar alguna actividad para este organismo. Al comienzo este trabajo consistía en la reparación de equipos menores, desarrollando esta actividad en un rincón del comedor de la casa, ubicada en ese entonces en Pío X, comuna de Providencia. Más tarde, le fue encomendada la compra de artículos para el taller electrónico y por conveniencia en la economía, viajaba a comprar este material a Argentina. Tengo recuerdos que estos viajes eran una vez por semana o algo más distanciados. Al taller que estaba ubicado dentro de la casa, llegaba en forma esporádica el Coronel ESPINOZA. Por esta actividad a Michael le ofrecieron un sueldo que en esa época era bastante bajo, pero debido a las condiciones que vivía el país no había otra alternativa. Además en esa fecha teníamos algunos ahorros que traíamos desde Estados Unidos y una pensión de uno de mis hijos, del primer matrimonio. Estos viajes a Argentina, creo que se prolongan hasta el mes de diciembre de 1974.

M. Callejas H.

CONTINUACIÓN DE LA DECLARACION POLICIAL DE MARIANA INES CALLEJAS HONORES.

En el transcurso del primer mes, sus superiores en el servicio, le comentan a Michael que desean formar un taller de electrónica, especialidad de la que mi marido era solamente autodidacta, siendo designado jefe de este nuevo grupo. Debido a que nos subieron el arriendo del inmueble, la DINA nos autorizó a buscar una nueva casa habitación, que contara con el suficiente espacio para las dependencias del taller. En enero de 1975, el General Manuel CONTRERAS autorizó la compra de nuestra casa en el sector de Lo Curro y, de esta forma, con dinero del servicio, fue adquirido el inmueble ubicado en Vía Naranja Nº 4.925, a nombre de dos "chapas", que correspondían a los nombre operativos de dos Mayores de Ejército en servicio en la DINA, y a nombre de la empresa PROSIN, empresa de la DINA. Una vez comprado este inmueble, nos fue entregado para nuestro uso y el de la Brigada Quetropillán, nombre que comenzó a utilizar el grupo bajo el mando de Michael.

De esta forma la casa de Lo Curro, que estaba conformada de tres niveles, funcionaba en el primer nivel el Garaje para tres autos, piezas para servidumbre y baño; en el segundo nivel la oficina de electrónica, una oficina que estuvo desocupada bastante tiempo y dos piezas que daban al jardín; y el tercer nivel era la casa habitación nuestra, consistente en tres dormitorios, living comedor y una cocina americana que agregamos para separarnos del ambiente de los otros pisos.

Mientras estuve viviendo en esa propiedad, recuerdo haber visto en dos ocasiones a don Manuel CONTRERAS, quien fue a almorzar a la casa, acompañado de otras personas que no conozco.

En esa fecha el Jefe de Michael en la DINA era don Pedro ESPINOZA, ya que no tuve conocimiento que otra persona ocupara ese cargo.

Tuve conocimiento que las actividades de la DINA en el exterior estaban al mando de "Luis GUTIERREZ", pero este nombre era utilizado por el Jefe de la DINA Exterior, cualquiera fuera la persona que estuviese al mando de esas operaciones.

Para las actividades que realizaba Michael en esta Brigada se le otorgó la identidad de Andrés WILSON y para mí la de Ana Luisa PIZARRO, otorgándosenos cédulas de identidad y otros documentos para utilizar nuestros nombres ficticios o chapas. Esta documentación se nos entregó en la calle Belgrado, en una oficina chica en la entrada del edificio.

Junto a Michael trabajaban tres Suboficiales, que cumplían servicios como conductores y empleados, junto a una secretaria. Los nombres operativos empleados eran Robinson SAAVEDRA, un tal Héctor, un tercero de nombre Donald y Roxana, que corresponde a Alejandra DAMIANI. Michael estuvo realizando este trabajo hasta la disolución de la DINA en el año 1977, a raíz de la investigación en Estados Unidos por el atentado que le costó la vida a Orlando LETELIER. Al producirse el cambio en el servicio de inteligencia, que pasó de DINA a C.N.I., y el alejamiento del General CONTRERAS, Michael dejó de trabajar en inteligencia, dado que su unidad era una brigada secreta, en conocimiento sólo del mando superior de la DINA. Ya en el año 1978, se inicia un proceso en Chile y Michael es extraditado a los Estados Unidos por su responsabilidad en este hecho. Durante un poco tiempo, continué recibiendo ayuda económica, pero luego terminamos todos lo contactos, hasta viajar a Estados Unidos, el 11 de abril de 1978.

M.Callejas H.

CONTINUACIÓN DE LA DECLARACION POLICIAL DE MARIANA INES CALLEJAS HONORES.

Respecto a los viajes que Michael realizaba a Argentina, recuerdo haberlo acompañado en algunos de ellos, que se iniciaron al poco tiempo de ser contratado en DINA. No recuerdo la fecha de estos trasladados, ni tampoco el nombre que utilicé al abandonar el país. Michael se dedicaba a sus actividades y yo utilizaba el tiempo en recorrer librerías. No me fueron presentados chilenos, ni argentinos, en estas visitas. Se trataba de viajes muy cortos, en los que alojábamos en hoteles céntricos. Sólo puedo mencionar que conocí en el año 1977 a Enrique ARANCIBIA CLAVEL, debido que en un viaje junto a mi hermano Javier, fui a cambiar un cheque al Banco del Estado en Buenos Aires, oportunidad en la cual solicité la atención de esta persona, de acuerdo a instrucciones que me había proporcionado Michael. No tuve otro tipo de contactos con este sujeto.

Mientras estábamos en la casa de Lo Curro, una noche que necesitaba hablar con mi esposo y él no subía, decidí bajar a la oficina, encontrándolo que estaba confeccionando cédulas de identidad chilenas, conforme a una lista que poseía, la cual tenía 119 nombres, los que estaban numerados. Estos nombres eran corrientes, por lo cual no puedo recordarlos. Al consultarle para que eran esos documentos, me dijo que había que enviarlos a Argentina, sin darme mayores detalles. Creo que en esa ocasión hice dos o tres documentos, ya que estaba casi terminando.

En otra ocasión me correspondió viajar a Europa, para encontrarme con Michael y Virgilio PAZ, ocasión en la cual viajamos a Roma. En ese viaje nos reunimos con Stefano DELLE CHIAE y todo su grupo de "La Vanguardia Nazzionalle", viaje que se realizó en fecha anterior al atentado a don Bernardo LEIHGTON. En otra ocasión que viaje a Europa, pasé por Frankfurt, de acuerdo a itinerario de la empresa, ciudad en la cual me encontré con el Capitán Cristoph WILLIKE, quien era agente de la DINA, quien me comentó que andaba haciendo un seguimiento a Patricio AYLWIN. En esta oportunidad alcancé como un día y medio con él, ya que dio por terminada su misión cuando el señor AYLWIN viajó a Berlín, mientras que yo viajé a Estados Unidos.

Para concretar estos viajes que he detallado anteriormente, se me hacía llegar a la casa los pasajes, a través de la secretaria de Michael, la señorita Alejandra DAMIANI, que utilizaba la chapa de Roxana. Mis viajes habitualmente eran para acompañar a Michael, debido a que nunca me correspondió alguna misión específica, además no me agradaba dejar solos a mis hijos y también abandonar mi taller literario. Prueba de esto, puedo mencionar que nunca visité el cuartel general de la DINA, excepto cuando me entregaron mi documentación.

Finalmente, puedo señalar que las misiones que le correspondió realizar a Michael, siempre debieron estar en conocimiento de su jefe, don Pedro ESPINOZA BRAVO. Asimismo, a través de los años que estuve ligada a la DINA pude tener conocimiento que el cargo de "Luis Gutierrez" lo utilizó un señor de edad de nombre JULIO, de quien ignoro mayores antecedentes, a quien recuerdo haberlo visto en mi casa alguna vez.

Otro de los agentes de la DINA que visitaban a mi esposo en la casa era Armando FERNÁNDEZ LARIOS, quien además era amigo de Michael y en alguna ocasión el Capitán Freddy SALINAS, quien también era miembro de la DINA y era jefe de la Brigada Mulchén.

M. Callejas H.

CONTINUACIÓN DE LA DECLARACION POLICIAL DE MARIANA INES CALLEJAS HONORES.

De la Operación Cóndor que se me pregunta, no tengo ningún conocimiento de ella, sólo a modo referencial lo que se habla en la prensa, que sería una red de información entre los servicios de seguridad de los gobiernos del cono sur de América. Sin embargo, en el tiempo que yo estuve vinculada a la DINA nunca tuve conocimiento de esos hechos.

En relación a los cubanos Virgilio PAZ, los hermanos NOVO y Dionisio SUEREZ, puedo señalar que los conocí en Estados Unidos en el año 1975, en circunstancias que acompañé a Michael a ese país, llevándoles unos encargos de parte del General CONTRERAS, en una especie de comienzo de relación. Recuerdo que en esta ocasión se conversó la situación de estos ciudadanos, quienes comentaron que después del 11 de septiembre de 1973, vinieron a Chile, los arrestaron y deportaron a los Estados Unidos. Sin embargo, CONTRERAS quería ganarse la confianza de ellos, cosa que preliminarmente se logra, ya que después de permanecer unos tres días en Estados Unidos, viajamos junto a Virgilio PAZ a México, donde permanecí junto a ellos unos diez días. Finalizado este tiempo, me devolví a Chile y ellos continuaron en México. En esa ocasión nunca supe si ese viaje fue para ubicar o seguir a alguna persona en particular. Después de este viaje y antes del atentado a LETELIER, el señor Virgilio PAZ vuelve a Chile y nos visita a nosotros en Lo Curro, quedándose alojado en nuestra casa. En esa ocasión la DINA le había ofrecido el Hospital Militar para una operación y un curso de entrenamiento, lo cual la gente de la DINA no cumplió, por lo cual Virgilio PAZ se fue bastante enojado.

Tengo la vaga idea de que en alguna ocasión visitó nuestra casa el ciudadano cubano Guillermo NOVO, sin poder precisar la fecha de esa visita, ni que cosas se trataron con él, ya que no estuve presente en esas reuniones. Tampoco tengo antecedentes de algún viaje que haya realizado a la República Argentina Michael en compañía de Guillermo NOVO.

Incluso, en fecha cercana al atentado a LETELIER en Estados Unidos, la relación entre la DINA y los cubanos no era buena, fundamentalmente por que no le habían cumplido las promesas a Virgilio PAZ. Esto lo pudo comprobar Michael, cuando los va a contactar para el atentado a LETELIER, quienes finalmente accedieron a participar, pero con el ánimo de vengarse de CONTRERAS, involucran a mi esposo y lo hacen participe de los hechos, involucrando de esta forma a la DINA y al propio General CONTRERAS.

Es todo cuanto puedo señalar. Siendo las quince horas con treinta minutos, leída que es la presente, ratifica y firma para constancia.

MCallejasH.
Mariana Callejas Honores
Rut 2.267.857-4

CLAUDIO BUSTOS MUJICA
Subinspector

ABEL LIZAMA PINO
Subcomisario

RELEASED PER P.L-102-526(JFK ACT)
NARA [signature] DATE 5/4/05

October

MR WARREN
CIA/DDO/WH

DRAFT
SECRET
SENSITIVE

Ho

Ray,

... place of refuge. Bosch reported

not to engage in terrorist activity while in Venezuela

received a token $500 contribution from Perez. [redacted]

[redacted] reported that after Bosch's arrival in Caracas

he stated during a fund raising dinner that "Now that

organization has come out of the Letelier job looking

... operaciones o lugar de
Bosch prometió no involucrarse en actividades ter
mientras estuviera en Venezuela y recibió 500 dólares
contribución de Pérez. ------------------------------
informó que después de la llegada de Bosch a Cara
Septiembre, él declaró durante una cena para re
fondos que "Ahora que nuestra organización ha salid
del trabajo de Letelier, estamos tratando de hacer
Pocos días más tarde, Posada dijo, "Nosotros var
golpear un avión de Cubana" y "Orlando (Bosch) tie
detalles".

b. Relaciones con Estados Unidos. ------------------

Actualmente Estados Unidos está tratando de hace
Bosch sea deportado de Venezuela hacia los Es

Documento secreto desclasificado por la CIA dirigido a Henry Kissinger en el cual un informante de la Agencia revela declaraciones del terrorista cubano-norteamericano Orlando Bosch Ávila que lo implican en el asesinato de Orlando Letelier.

CONTINUACIÓN DE LA DECLARACION POLICIAL DE MARIANA INES CALLEJAS HONORES.

De la Operación Cóndor que se me pregunta, no tengo ningún conocimiento de ella, sólo a modo referencial lo que se habla en la prensa, que sería una red de información entre los servicios de seguridad de los gobiernos del cono sur de América. Sin embargo, en el tiempo que yo estuve vinculada a la DINA nunca tuve conocimiento de esos hechos.

En relación a los cubanos Virgilio PAZ, los hermanos NOVO y Dionisio SUEREZ, puedo señalar que los conocí en Estados Unidos en el año 1975, en circunstancias que acompañé a Michael a ese país, llevándoles unos encargos de parte del General CONTRERAS, en una especie de comienzo de relación. Recuerdo que en esta ocasión se conversó la situación de estos ciudadanos, quienes comentaron que después del 11 de septiembre de 1973, vinieron a Chile, los arrestaron y deportaron a los Estados Unidos. Sin embargo, CONTRERAS quería ganarse la confianza de ellos, cosa que preliminarmente se logra, ya que después de permanecer unos tres días en Estados Unidos, viajamos junto a Virgilio PAZ a México, donde permanecí junto a ellos unos diez días. Finalizado este tiempo, me devolví a Chile y ellos continuaron en México. En esa ocasión nunca supe si ese viaje fue para ubicar o seguir a alguna persona en particular. Después de este viaje y antes del atentado a LETELIER, el señor Virgilio PAZ vuelve a Chile y nos visita a nosotros en Lo Curro, quedándose alojado en nuestra casa. En esa ocasión la DINA le había ofrecido el Hospital Militar para una operación y un curso de entrenamiento, lo cual la gente de la DINA no cumplió, por lo cual Virgilio PAZ se fue bastante enojado.

Tengo la vaga idea de que en alguna ocasión visitó nuestra casa el ciudadano cubano Guillermo NOVO, sin poder precisar la fecha de esa visita, ni que cosas se trataron con él, ya que no estuve presente en esas reuniones. Tampoco tengo antecedentes de algún viaje que haya realizado a la República Argentina Michael en compañía de Guillermo NOVO.

Incluso, en fecha cercana al atentado a LETELIER en Estados Unidos, la relación entre la DINA y los cubanos no era buena, fundamentalmente por que no le habían cumplido las promesas a Virgilio PAZ. Esto lo pudo comprobar Michael, cuando los va a contactar para el atentado a LETELIER, quienes finalmente accedieron a participar, pero con el ánimo de vengarse de CONTRERAS, involucran a mi esposo y lo hacen participe de los hechos, involucrando de esta forma a la DINA y al propio General CONTRERAS.

Es todo cuanto puedo señalar. Siendo las quince horas con treinta minutos, leída que es la presente, ratifica y firma para constancia.

MCallejasH.
Mariana Callejas Honores
Rut 2.267.857-4

CLAUDIO BUSTOS MUJICA
Subinspector

ABEL LIZAMA PINO
Subcomisario

En los Estados Unidos, donde llegaron el 9 de septiembre de 1976, Townley y Fernández fueron ayudados por tres terroristas cubanos, enemigos de Fidel Castro. En la madrugada del 19 de septiembre, un domingo, Townley entró en el garaje de Letelier en Ogden Court 5818, y colocó tres kilos de TNT bajo el asiento del conductor del Chevrolet del ex ministro de Allende. La operación duró menos de 30 minutos. A las 9 horas del día 21, el Chevrolet explotó, cuando Letelier se dirigía hacia el Instituto de Políticas Extranjeras, en Washington. Un agente del FBI disuadió a la viuda Isabel Letelier de ver la escena del crimen con el siguiente argumento:

"Esto no fue un accidente automovilístico, colocaron una bomba en el automóvil de su esposo. El cuerpo quedó destrozado, partido en dos partes. Las piernas volaron a varios metros de distancia. Es mejor que la señora recuerde a la persona que salió de su casa esta mañana."

Castigo a militares no tiene precedente

Santiago de Chile —(Reuter)— El ex jefe de la policía secreta chilena y ex general del Ejército Manuel Contreras y el brigadier Pedro Espinoza fueron condenados a prisión, como autores del asesinato del ex canciller izquierdista Orlando Letelier, ocurrido en 1976 en Washington.

Contreras

Un estallido de júbilo resonó en el edificio de los Tribunales de Justicia cuando el secretario de la Corte Suprema, Carlos Meneses, leyó la sentencia definitiva e inapelable, que condena a Contreras a siete años de prisión y a Espinoza a seis años.

"La pena que se impone a los sentenciados lo es por ser autores del delito de homicidio calificado de Orlando Letelier", dijo.

Las reacciones adversas no se hicieron esperar. Un ex vicecomandante en jefe del Ejército y senador designado por el general Augusto Pinochet anticipó la posibilidad de una confrontación por el fallo y dijo que la institución castrense está profundamente

No será juzgado el norteamericano Michael Townley en el juicio a los asesinos del ex canciller chileno Orlando Letelier

● NUEVA YORK, 8 de enero. (PL).— El norteamericano ex agente de la CIA, y de los servicios secretos de Chile, Michael Townley, no será juzgado en el juicio que contra los asesinos del ex canciller chileno Orlando Letelier se iniciará mañana (hoy) en Washington.

Townley participará en el proceso sólo para declarar ante el jurado y reiterar la culpabilidad en el crimen del general Manuel Contreras, el coronel Pedro Espinoza y el capitán Armando Fernández, director, subdirector y funcionario, respectivamente, de la Dirección de Inteligencia Nacional (DINA) de Chile.

Casado con la chilena María Inés Callejas, Townley vivió cerca de 20 años en Chile, donde dirigió (1970-1973) actividades de la Agencia Central de Inteligencia (CIA) contra el gobierno constitucional de Salvador Allende y trabajó luego en la DINA, actualmente denominada Centro Nacional de Informaciones (CNI).

En abril último, fue expulsado de Chile y, en menos de 24 horas, trasladado a una prisión militar cercana a Washington por dos agentes del Buró Federal de Investigaciones (FBI).

A partir de entonces, Townley se convirtió en personaje clave en torno al crimen, del cual él mismo se confesó autor, junto a los funcionarios chilenos y cinco contrarrevolucionarios de origen cubano.

El proceso que comenzará mañana a juzgar a los autores del atentado perpetrado en Washington en septiembre de 1976 sólo tendrá, entonces, en el banquillo de los acusados a los hermanos Guillermo e Ignacio Novo Sampol y Alvin Ross Díaz.

... que Virgilio Paz Rom... nisio Suárez, que no h... rados para ser llev... ejecutaron con ... ató y participaron ... acciones programa... la CIA contra el Go... Revolucionario de Cuba.

...poco estarán presentes en el ...so, al menos hasta el momen... Contreras, Espinoza y Fernán...z, sobre cuya demanda de extradición aún no ha decidido nada la Junta.

En distintos medios se comentaba hoy que resulta difícil que el régimen fascista de Chile conceda la extradición de los tres militares, por cuanto, especialmente en el caso de Contreras la investigación podría dar un giro peligroso para Pinochet.

Esas mismas fuentes añadían que Contreras ya ha alegado en su defensa que recibió órdenes del jefe de la Junta, Pinochet, e incluso posee documentos secretos que vinculan al dictador chileno en otros crímenes, como el asesinato en Buenos Aires del general Carlos Prats.

A partir de entonces, Townley se convirtió en personaje clave en torno al crimen, del cual él mismo se confesó autor, junto a los funcionarios chilenos y cinco contrarrevolucionarios de origen cubano.

... tendrá, entonces, en el banquillo de los acusados a los hermanos Guillermo e Ignacio Novo Sampoll y Alvin Ross Díaz.

Los tres, al igual que Virgilio Paz Romero y José Dionisio Suárez, que no han sido capturados para ser llevados a juicio, ejecutaron con Townley el asesinato y participaron anteriormente en acciones programadas por la CIA contra el Gobierno Revolucionario de Cuba.

Pedirán ayuda económica para la defensa legal de los hermanos Novo y Alvin Ross

El comité recaudador para los fondos legales de la defensa de los hermanos Novo y Alvin Ross, a través de su Tesorera, señora Sylvia Novo, nos entrega para la muerte del agente comunista internacional, Orlando Letelier; se ha organizado un comité integrado por el Movimiento Nacionalista Cubano, la Brigada de Asal- Larry Dubin, para lograr la libertad de esos combatientes que no han claudicado ni claudicarán en la lucha por la reconquista de nuestra Patria, ni ante la posibilidad exhorta patrióticamente a todas las organizaciones revolucionarias, patrióticas, cívicas y culturales, y al pueblo de Cuba exiliado en general, a cumplir con su

Bien por Bosch

"LIBERTAD" ha discrepado de Orlando Bosch. Especialmente de su egolatría e intolerancia de las opiniones ajenas. Pero quizás le ocurrió en su exilio en Chile lo que a otro ex fidelista le sucedió en Colombia. Que se incline ideologicamente hacia posiciones conservadoras (el de Colombia es Pardo Llada).

Acaba de hacerse pública una nota fechada en Buenos Aires, en la cual Bosch afirma que su grupo, en coordinación con los anticomunistas argentinos, fueron quienes trataron de pasar por la piedra al embajador castrista Emilio Aragonés Machado.

Si esto es cierto, no queremos ser de los últimos en extenderle, desde Miami, nuestro respaldo al médico de Potrerillo, quien, según noticias recientes, [illegible] radicarse en Bogotá.

Trataron de matar a Emilio Aragonés en Buenos Aires

Desde un carro en marcha abrieron fuego de ametralladoras contra el auto donde viajaba el Embajador de Castro en Argentina, Emilio Aragonés Navarro, resultando ileso el representante castrista.

El hecho ocurrió ayer, cuando Aragonés regresaba a la sede de la Embajada en Buenos Aires, procedente del suburbio de Belgrano. El ataque se produjo en los momentos en que al carro de Aragonés y el de sus guarda espaldas, que le seguía, iban a entrar en el garage de la Embajada. Los disparos destrozaron el parabrisas del auto de los guarda espaldas y uno de ellos, que no fue identificado, resultó herido por los fragmentos de cristales. No se reportaron otros lesionados.

La Policía no ha podido identificar a los agresores. Fuentes de la Embajada dijeron que era la primera vez, desde que Argentina reconoció al Gobierno de la Habana, en 1973, que se producía un hecho de violencia contra diplomáticos cubanos.

Bosch afirma que su grupo, en coordinación con los anticomunistas argentinos, fueron quienes trataron de pasar por la piedra al embajador castrista Emilio Aragonés Machado.

NUESTRA PRIMERA ACCION. EL ATENTADO AL EMBAJADOR DE CUBA EN LA ARGENTINA

El 22 de agosto de 1975, desde un automóvil en marcha abrieron fuego contra el vehículo del Embajador de Cuba en Argentina, en el momento en que se disponía a entrar en el garage de la embajada.

CONSEJO REVOLUCIONARIO ANTICOMUNISTA LATINOAMERICANO

Los hombres revolucionarios de América, preocupados por el avance del comunismo en nuestros pueblos, hemos constituido un frente solidario, el cual se conocerá como *"Consejo Revolucionario Anti-Comunista Latinoamericano"* (CRAL). Nuestra meta es internacionalizar la guerra a niveles continentales, aplicando justicia a los traidores de la causa de la libertad.

Nuestras aspiraciones son las mismas que animaron a nuestros próceres: libertad y justicia. Por tanto hacemos un llamado a todos los hombres anti-comunistas de América para que se apresten a la lucha en cualquier parte donde radiquen.

Nuestra primera acción como [illegible] detengan la acción de los hombres que aman la libertad.

Por ser Cuba el único país de América donde impera un régimen comunista declarado y por ser este país el que más ha sufrido bajo este infra-humano sistema, hubimos de acordar que fuera *"Acción Cubana"* y su dirigente *Orlando Bosch*, quienes dirigieran y realizaran esta primer acción dentro de la nueva y prometedora etapa que comienza.

Las organizaciones que formamos parte del "Consejo Revolucionario Anti-Comunista Latinoamericano" y que firmamos este parte somos: *"Acción Cubana" (A.C.), "Trinchera Argentina" (T.A.),* [illegible]

El 9 de agosto de 1976, los funcionarios cubanos Jesús Cejas Arias y Crescencio Galañena Hernández, acreditados en la Embajada de Cuba en Buenos Aires, Argentina, fueron interceptados en plena vía pública y secuestrados por elementos terroristas.

Después de ser torturados y asesinados, los cuerpos de ambos funcionarios fueron desaparecidos.

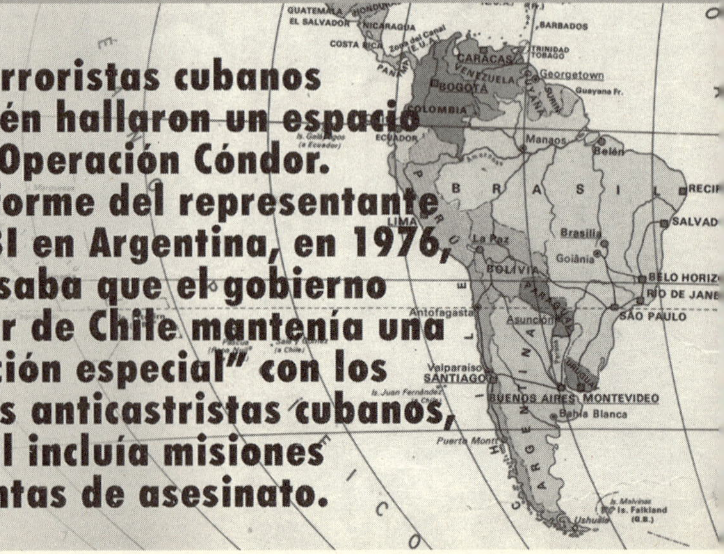

Los terroristas cubanos también hallaron un espacio en la Operación Cóndor. Un informe del representante del FBI en Argentina, en 1976, expresaba que el gobierno militar de Chile mantenía una "relación especial" con los grupos anticastristas cubanos, la cual incluía misiones conjuntas de asesinato.

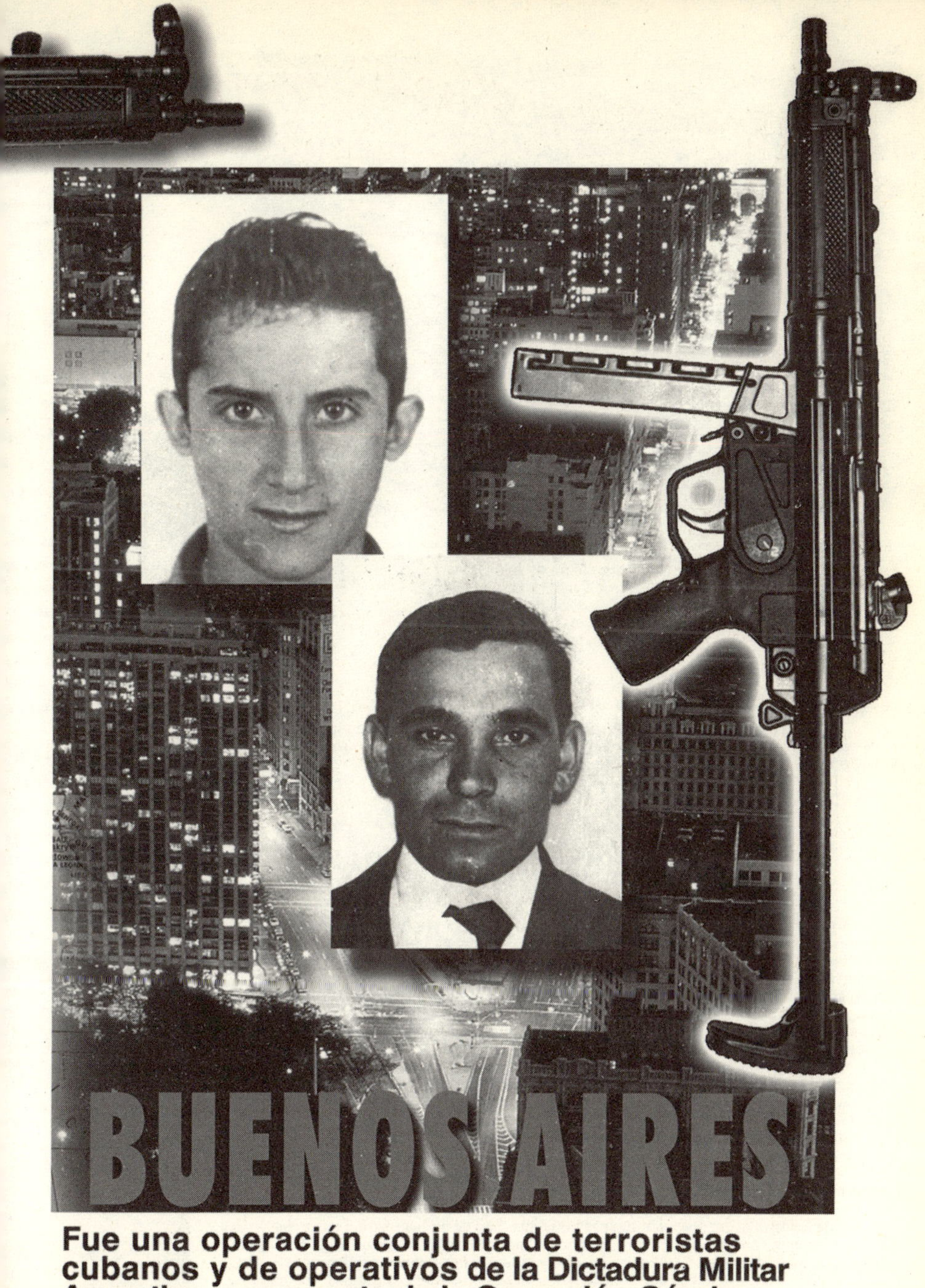

Fue una operación conjunta de terroristas cubanos y de operativos de la Dictadura Militar Argentina, como parte de la Operación Cóndor.

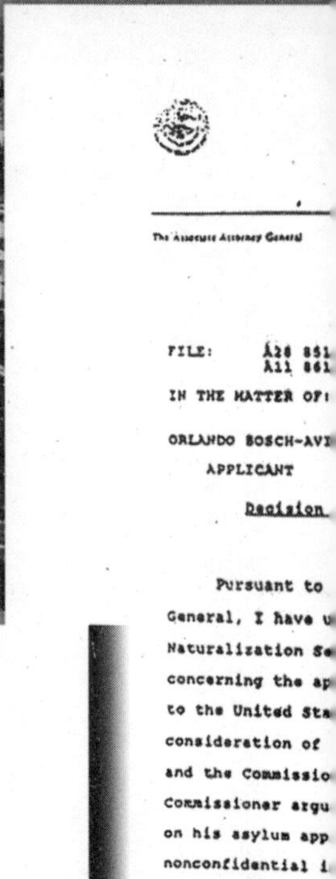

The Associate Attorney General

FILE: A28 851
A11 861

IN THE MATTER OF:

ORLANDO BOSCH-AVI
APPLICANT

Decision

Pursuant to
General, I have u
Naturalization Se
concerning the ap
to the United Sta
consideration of
and the Commissio
Commissioner argu
on his asylum app
nonconfidential i

As a result
that it would be
United States to
concluded that he
under 8 U.S.C. 11
(29), and that hi
deportation shoul

Departamento de Justicia
de los EE.UU.
Oficina del Procurador
General Adjunto
Washington, D.C. 20530

ARCHIVO: A28 851 622	)	
A11 861 810	)	Procedimiento de inadmisibilidad en virtud del inciso
	)	c del artículo 235 ante el Procurador General Adjunto
ASUNTO DE:	)	interino
	)	
ORLANDO BOSCH-AVILA,	)	
SOLICITANTE	)	

Decisión del Procurador General Adjunto interino

INTRODUCCIÓN

"En cumplimiento de mis obligaciones como Procurador General Adjunto interino, he reexaminado la decisión del 19 de mayo de 1989 del Servicio de Inmigración y Naturalización (INS) relativo a las solicitudes presentadas por Orlando Bosch-Avila para ser admitido en los Estados Unidos y recibir asilo. En este nuevo examen se han tenido en cuenta las decisiones del Comisionado Regional y el Comisionado del INS, la presentación hecha por Bosch al Comisionado Regional para impugnar la inadmisibilidad y pedir una audiencia respecto de su solicitud de asilo, así como información confidencial y no confidencial sobre Bosch.

"Durante 30 años Bosch ha propugnado de manera resuelta y perseverante los actos de violencia terrorista. Ha amenazado con llevar a cabo y ha llevado a cabo violentos actos de terrorismo contra numerosos objetivos, entre ellos naciones amigas de los Estados Unidos y altos funcionarios de esas naciones. En repetidas oportunidades ha expresado y demostrado el deseo de causar lesiones y muerte sin discriminación alguna. Sus actos han sido los de un terrorista que no respeta la ley ni la decencia humana, que amenaza con actos de violencia y que los realiza sin consideración alguna de la identidad de sus víctimas.

"Los Estados Unidos no pueden tolerar la inherente falta de humanidad del terrorismo como medio de resolver controversias. Transigir con los que recurran a fuerza no es sino alentar la aparición de más terroristas. Debemos considerar el terrorismo como un mal universal, aun cuando se dirija contra aquellos que no despiertan en nosotros simpatía política. Como lo ha señalado elocuentemente un tribunal de distrito de los Estados Unidos en relación con este mismo caso, 'los males del terrorismo no son menores en función de quienes participen en esos actos o de su causa'. Orlando Bosch-Avila contra Perry Rivkind, 88-973-CIV-HOEVELER (S.D. Fla., 1° de junio de 1988. Mandamiento sobre la petición de una orden de habeas corpus). Véase también Asunto de Rivero-Díaz, 12 I & N Dec. 475 (BIA, 1967).

Annex

(Original: English)

U.S. Department of Justice

Office of the Associate Attorney General

Washington, D.C. 20530

In exclusion proceedings under section 235(c) before the Acting Associate Attorney General

...ting Associate Attorney General

INTRODUCTION

...sibilities as Acting Associate Attorney
... a review of the Immigration and
(INS) decision of May 19, 1989
...s of Orlando Bosch-Avila for admission
...or asylum. This review has included
...ions of the INS Regional Commissioner
...submission of Bosch to the Regional
...st exclusion and requesting a hearing
and certain confidential and
...n respecting Bosch.

...eview, the conclusion is inescapable
...ial to the public interest for the
... safe haven for Bosch. I have moreover
...lien excludable from the United States
..., (28)(ii), (28)(iii), (28)(iv) and
...tions for asylum and withholding of
...herein are denied.

CONFIDENCIAL
INFORMACIÓN QUE INDICABA QUE LA DETONACIÓN DE UNA BOMBA, EL 6 DE OCTUBRE DE 1976, EN UN AVIÓN DE LÍNEA CUBANO, HABÍA SIDO UNA OPERACIÓN DE LA CORU DIRIGIDA POR BOSCH.

CONCLUSIÓN
Por las razones expuestas, en el día de la fecha SE ORDENA por el presente la no admisión de Orlando Bosch-Ávila y su deportación de los Estados Unidos.

23 de enero de 1989
Procurador General Adjunto interino
(Firmado) Joe D. Whitley

PRUEBAS PARA DENEGAR EL INGRESO

"[...] La información que figura en los archivos señala de manera clara e inequívoca que Bosch, personalmente, ha promovido, alentado, organizado actos de violencia terrorista en este país y en varios otros y ha participado en ellos [...].

CONFIDENCIAL

"[...] INFORMACION QUE INDICABA QUE LA DETONACION DE UNA BOMBA, EL 6 DE OCTUBRE DE 1976, EN UN AVION DE LINEA CUBANO, HABIA SIDO UNA OPERACION DE LA CORU DIRIGIDA POR BOSCH.

CONCLUSIÓN

"Por las razones expuestas, en el día de la fecha SE ORDENA por el presente la no admisión de Orlando Bosch-Avila y su deportación de los Estados Unidos. SE ORDENA asimismo el rechazo de su petición de asilo y suspensión de deportación, de conformidad con lo dispuesto en el 8 U.S.C., 1158 y 1253 h), respectivamente".

23 de enero de 1989 (Firmado) Joe D. Whitley
Procurador General Adjunto interino

"Mi Gobierno, y por cierto todas las personas de buena voluntad, condenan este acto vil e insensato. Pero es absurdo el intento de Cuba de describir a los Estados Unidos como defensor del terrorismo internacional y como amparo de terroristas."

Fragmento de la réplica del embajador de Estados Unidos Sr. Perkins durante la sesión celebrada el 21 de mayo de 1992 del Consejo de Seguridad a petición del gobierno cubano, para debatir el proyecto de resolución presentado por Cuba sobre el sabotaje al avión de Barbados.

LOCALES

Ca$$$h 3 B

LOS NUMEROS GANADORES DE AYER

9 8 7

SABADO 1 DE ABRIL DE 1989 / EL NUEVO HERALD

Ros mantiene viva campaña por Bosch

■ El INS aseguró que decidirá el caso dentro de 60 días, aunque antes había prometido resolverlo antes del 12 de mayo.

Por MIRTA OJITO
Redactora de El Nuevo Herald

La senadora estatal Ileana Ros-Lehtinen anunció el viernes que extenderá la campaña a favor de la libertad del médico y activista anticastrista cubano Orlando Bosch hasta que las autoridades estadounidenses le concedan la libertad.

> La senadora estatal Ileana Ros-Lehtinen anunció el viernes que extenderá la campaña a favor de la libertad del médico y activista anticastrista cubano Orlando Bosch

...zación (INS) en Washington, anun-

...ese país, acusado de volar en 1976 un avión de la aerolínea Cubana de

...en el que perecieron más ... La acusación nunca ... las cortes venezola-

...te mes, Ros-Lehtinen, ... Balart y otros legisla- ... Florida viajaron a Wa- ... tratar con represen- ... el caso de Bosch ... solicitaron ... viernes ... donde se suponía que R... pusiera fin a la campa...

...mes, asistieron más de 100 personas.

Adriana Bosch, esposa del activista cubano, dijo que estaba muy contenta con el resultado de la campaña.

Ros-Lehtinen indicó que continuaría enviando telegramas y ...

Intercede el senador Connie Mack ante Bush por Orlando Bosch

D. LAS AMERICAS 30/6 1B

(N. de la R.) El senador federal por el estado de la Florida, Connie Mack, le envió la siguiente carta a George Bush, Presidente de Estados, intercediendo por el doctor Orlando Bosch:

* * *

Honorable George Bush
La Casa Blanca,
Washington D.C. 20500

Estimado señor Presidente:

Le estoy escribiendo para solicitarle una entrevista suya con destacados líderes cubano-americanos de Miami a conveniencia de usted para discutir el caso de Orlando Bosch Avila.

En una opinión que deja mucho que desear el Departamento de Justicia el viernes de la semana anterior rechazó la petición de asilo político en Estados Unidos

CONNIE MACK

Señor presidente, este ca... envuelve una pregunta fund... mental: ¿Debe la tierra que ...

A punto de quedar en libertad Orlando Bosch

DIARIO LAS AMERICAS, 20/5-1989

DIRECCIÓN de ORLANDO BOSCH
11746 sw 11 st. MIAMI FL 33184

"Ahora que nuestra organización ha salido bien del trabajo de Letelier, estamos tratando de hacer algo".
Orlando Bosch Ávila
"El sabotaje al avión de Cubana fue el golpe más efectivo que se haya realizado contra Castro".
Luis Posada Carriles
"Cuando mueren pilotos cubanos, diplomáticos o miembros de sus familias a mi no me causa pena, la muerte de estas personas siempre me alegra".
Guillermo Novo Sampoll

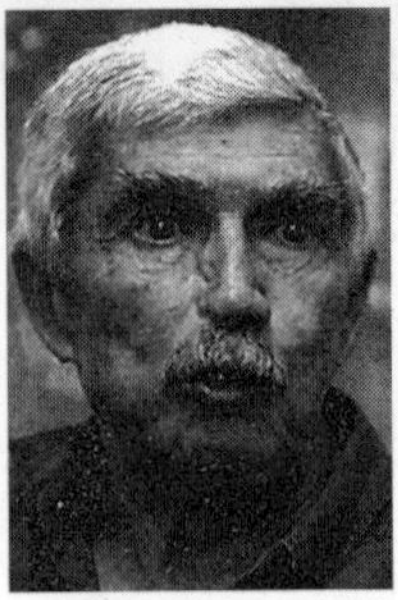

Luis Posada Carriles

Ignacio Novo Sampoll

Guillermo Novo Sampoll

Terroristas cubano-norteamericanos vinculados a la Operación Cóndor.

José Dionisio Suárez

Virgilio Paz

Alvin Ross Díaz

Orlando Bosch Ávila

Secuestro, tortura, desaparición y muerte, un estilo de la CORU

Uno de los hechos más violentos realizados por los terroristas anticubanos en México, en el marco de la organización CORU, fue el intento de secuestro del cónsul cubano en Mérida, Yucatán, Daniel Ferrer Fernández y el asesinato, en el hecho, del técnico cubano Artaignán Díaz Díaz. Secuestrar, torturar, desaparecer y matar fueron métodos asimilados por los terroristas anticubanos de la Operación Cóndor.

El día 23 de julio de 1976 intentaron secuestrar al Cónsul un comando de tres terroristas miembros de la CORU, creada como se ha establecido por el terrorista Orlando Bosch el 11 de junio de ese año en la zona de Bonao, República Dominicana y que entre sus estrategias principales abogaba por hostigar a las representaciones cubanas en países de América Latina y actuar contra las de países que habían restablecido relaciones con Cuba.

Después de no lograr su objetivo, parte del grupo que asesinó a Díaz Díaz huyó con destino al aeropuerto internacional de Mérida, donde se logró la detención del terrorista Orestes Ruiz Hernández; posteriormente, al saberse que otro de los ejecutores terroristas había abordado el vuelo 304 de la compañía Mexicana de Aviación, con destino a la capital del país, se dictó orden de captura contra él y fue detenido al llegar a la ciudad de México, Gaspar Jiménez Escobedo. Se interrogó, así como a Orestes Ruiz, quien había sido trasladado desde Mérida a la capital. Jiménez dijo ser natural de Camagüey, una provincia de Cuba, nacionalizado norteamericano, con pasaporte No. 11734521, tener 40 años, casado, de ocupación ferrocarrilero, poseía instrucción primaria, tenía su domicilio en 5250 S.W. y añadió que salió de Cuba en 1957 con destino a Panamá, perseguido por las fuerzas del dictador Fulgencio Batista debido a sus actividades contra ese régimen.

Durante siete meses vivió en Panamá y después se trasladó a Miami y posteriormente a la Ciudad de México, para unirse a una expedición que salió de Campeche, organizada por el doctor Junco y dirigida por el revolucionario cubano Pedro Miret Prieto.

El barco iba cargado con diversas armas que desembarcaron por un punto de la provincia de Pinar del Río en el occidente de Cuba, la expedición fracasó porque fueron interceptados por el ejército de Batista.

Después del triunfo de la Revolución, Jiménez Escobedo continuó en el ejército hasta que, según sus expresiones, entendió que el proceso político en Cuba se dirigía hacia el comunismo y decidió abandonar la causa que había defendido. Conspiró y fue detenido, juzgado y encarcelado durante un año. Al ser liberado, en unión de cuatro personas más, abandonó el país clandestinamente por la vía marítima y arribó a Cayo Hueso.

Allí se integró a varios grupos violentos contra la Revolución, como la denominada Juventud de Unidad Revolucionaria, dedicándose a labores de proselitismo, colectas de fondos y obteniendo armas, después se enroló en otra agrupación de la misma tendencia llamada Movimiento de Recuperación Revolucionaria, que era dirigida por Manuel Ray Rivero.

En 1974 se incorporó a Acción Cubana y mientras tanto participaba también con el Frente de Liberación de Cuba, que realizaba actos terroristas en México y en otros países.

Gaspar Jiménez reiteró, a las autoridades mexicanas en el momento de su detención, que entre mayo y junio de 1976, se había producido una convención de organizaciones terroristas en San José de Costa Rica, a la que asistieron diferentes grupos que estaban luchando de una forma u otra contra la Revolución. Esta reunión la presidió el mencionado Frente de Liberación de Cuba, se constituyeron los denominados Comandos de Organizaciones Revolucionarias Unidas y como coordinador general fue nombrado el terrorista

Orlando Bosch Ávila, el que dijo ser el "máximo dirigente del Frente de Liberación de Cuba, quien desde la clandestinidad absoluta dirige a la nueva organización, por existir numerosas órdenes de aprehensión —del gobierno de Estados Unidos contra él". Jiménez añadió que los otros grupos constituyentes fueron: Acción Cubana, Frente de Liberación de Cuba, Grupo F-14, Jóvenes de la Estrella y el Movimiento Nacionalista Cubano, y que los principales jefes eran el citado Bosch, Francisco Eulalio Castro Paz, Felipe Rivero Díaz y Manuel Fernández.

Jiménez Escobedo, en su relato, introduce algunas imprecisiones que ya están firmemente establecidas en cuanto a la fecha, lugar y fundadores de la CORU. Dijo que había en Miami otros grupos que empleaban la violencia para derrocar a la Revolución, entre estos, Comandos Abdala, Halcones Dorados y Acción Sindical Independiente (ASI). Se trató de ser fiel al original de su testimonio ante las autoridades mexicanas.

Inmediatamente que se constituyó la CORU, en Miami se acordó realizar una serie de actos terroristas en el ámbito internacional, durante el mes de julio, fecha en que se conmemora el aniversario del asalto al cuartel Moncada, hecho trascendente en la historia nacional reciente, por lo que, teniendo en cuenta que Jiménez tenía pasaporte estadounidense se decide por Orlando Bosch enviarlo para esta operación en México, junto a Gustavo Castillo y Ruiz Hernández, a quienes se les facilitó una boleta electoral de Estados Unidos para que pudiera pasar a México.

El plan de acción se inició en junio de 1976,[1] cuando Jiménez, Castillo y otro terrorista identificado como Mario viajaron de Miami a la ciudad de Mérida, Yucatán, llevando en sus maletas dos pistolas, una calibre 38 marca Llama y otra marca Heckler & Koch, con el número de serie 106884 calibre 9 *mm*, con silenciador. Al trasladarlas dentro de una maleta, esta no pasaba entonces por los medios de detección de rayos x, ya que únicamente revisaban antes de abordar

[1] En ese mismo mes llega Guillermo Novo a Chile, no hay registros de entrada, ni de salida con su nombre en ese país. Se hospeda tres días en la casa de Townley. Junto con el miembro de la Triple A argentina Juan Martín Ciga Correa y el italiano Alfredo, planean varios secuestros y atentados para reunir fondos en Argentina. Townley les ofrece explosivos y medios de transporte.

los aviones físicamente a las personas mediante un aparato portátil de detección, llegando a Mérida. Cerca del aeropuerto, enterraron las armas y se dedicaron durante ocho días a vigilar al cónsul Daniel Ferrer Fernández.

Posteriormente el 19 de julio en el vuelo de Mexicana de Aviación de Miami a Cozumel, viajaron Ruiz Hernández, Gustavo Castillo y Gaspar Jiménez, trayendo consigo en las maletas tres envases de café norteamericano en lata, conteniendo explosivo plástico de gelatina, con un peso aproximado de un kilogramo cada una, un cautín eléctrico, un tubo de soldadura, un tramo de 50 *cm* de cordón detonante, cinco pilas adosadas con sus conexiones respectivas, dos tramos de alambre conductor, una caja conteniendo tuercas, una caja con tornillos y unas pinzas para cortar alambre. Al llegar a Cozumel compraron boletos de avión en la compañía Mexicana de Aviación con nombres falsos con destino a Mérida, Yucatán. Al llegar se hospedaron en el hotel La Hacienda y alquilaron un automóvil en el aeropuerto, después siguieron al Cónsul por los lugares que frecuentaba, en su domicilio y en el consulado, con el fin de identificar vehículos y recabar toda la información para sus fines criminales.

El día 23, después de vigilar al Cónsul, como a las 15:00 horas, este salió de un bar acompañado de otra persona, dirigiéndose a su vehículo que estaba estacionado frente a ese lugar. En ese momento se le acercaron, encañonándolo Orestes Ruiz, quien le dijo: "—Monte, porque queremos conversar con usted" —pero el Cónsul corrió para introducirse en la citada cantina denominada Gran Chaparral. El acompañante del Cónsul, Artaignán Díaz Díaz trató de desarmar a Gaspar Jiménez, pero Ruiz Hernández le disparó e hirió también en una mano a Jiménez. Ruiz se dio a la fuga de inmediato.

Según el relato de Jiménez a las autoridades mexicanas, el objetivo de esta operación era secuestrar al Cónsul, llevarlo al monte por la carretera que va a Las Ruinas, asesinarlo de inmediato, enterrarlo y exigirle al gobierno de México que interviniera ante el de Cuba, para obtener la libertad de Hubert Matos Benítez y Eloy Gutiérrez Menoyo, que se encontraban presos en Isla de Pinos. Convencidos de que el gobierno de Cuba no aceptaría trato con terroristas, estos pretendieron lograr dos objetivos: primero, que se enfriaran las relaciones entre los dos países y segundo, provocar movilización policiaca para investigar el secuestro, mientras que ellos se trasladarían a la ciudad de México.

El plan de secuestro era parte de un proyecto más abarcador, ya que el día 26 de julio de ese año —fecha conmemorativa en Cuba por haberse realizado el ataque al cuartel Moncada en Santiago de Cuba que dio inicio al proceso de liberación— estaba previsto que las tres bombas de gelatina las accionarían contra el edificio de la embajada de Cuba en México, con la intención de que la fuerza combinada de las tres volara todo el inmueble de la sede diplomática, que lograría atraer la atención de la opinión pública sobre los esfuerzos de Bosch para derrocar a la Revolución.

Los terroristas conocían que en ocasión a la conmemoración, los diplomáticos, sus familiares, residentes y amigos de Cuba se reúnen para festejar y que las instalaciones de la sede estarían concurridas en el momento de la explosión.

También se le tomaron declaraciones a Ruiz Hernández, dijo ser oriundo de la población de Amarillas en la provincia cubana de Matanzas, de 28 años de edad. Añadió que era residente en Estados Unidos, en la ciudad de Miami, Florida, con domicilio en el No. 771 N.E. 3 P.L. de Hialeah, soltero, técnico en refrigeración y aire acondicionado.

Declaró que siempre había simpatizado con los grupos "violentos anticastristas", así como con los atentados y actos que se cometen "contra el gobierno de Fidel Castro". Que hacía aproximadamente seis meses antes del hecho conoció en Miami a un individuo de alrededor de 23 años, el cual utilizaba el nombre de Daniel, del cual conoce que su verdadero nombre era Mario sin más generales y que era miembro activo del Frente de Liberación Nacional Cubano, en donde actúa como célula de trabajo, es decir que es un operativo que interviene directamente en los atentados. Añadió que este le pidió que se adhiriera a esa organización, lo cual aceptó, después le indicó que en cualquier momento podría recibir instrucciones para realizar actos terroristas en Miami o en otro lugar de Estados Unidos o en el exterior.

Que hacía aproximadamente dos meses Daniel le indicó que tenía que viajar a Cozumel, lugar en donde tomaría un avión para que se trasladara a la ciudad de Mérida, Yucatán, y que en el aeropuerto de allí lo estaría esperando una persona. Añadió que le proporcionó un pasaporte y documentos de Migración, indicándole que eran falsificados; además, le dio la suma de 100 dólares, cantidad que era aportada por los fondos del Frente de Liberación Nacional Cubano; le entregó, también, una caja de cartón y le orientó que la llevara consigo. Así lo hizo y abordó un avión con destino a Cozumel, posteriormente tomó otra nave que lo llevó a la ciudad de Mérida, en donde ya lo esperaba Daniel, manifestándole este que se hospedarían en un hotel. Durante el trayecto desde el aeropuerto le dijo que abriera la caja y en su interior encontró una pistola calibre 38 ó 9 *mm*, mientras que él portaba otra pistola.

En ese momento le explicó que se intentaría realizar un atentado contra el consulado cubano en la ciudad de Mérida, por lo que Ruiz Hernández pensó que se trataba de matar al Cónsul. Posteriormente lo llevó hasta el consulado para que conociera en dónde estaba ubicado, también le dijo que ocultarían las armas, por lo que procedieron a introducirlas en una bolsa de plástico junto con las cápsulas y se dirigieron a una vereda perpendicular a un camino cercano al aeropuerto y debajo de un montón de piedras ocultaron la bolsa con las armas.

Al día siguiente Daniel y Ruiz Hernández regresaron a Miami vía Cozumel. A mediados de julio de 1976, el primero fue detenido en Miami. Ruiz Hernández lo visitó en la cárcel, donde conoció que el operativo en Mérida se mantenía vigente y recibió orientaciones de que otro miembro del Frente de Liberación Nacional Cubano de parte de él le daría nuevas instrucciones. Días después una persona lo llamó a su casa y le dijo que era de parte de Daniel y que necesitaba verlo en su casa. Al llegar, la persona no identificada le entregó una caja que contenía una sustancia que resultó ser explosivo plástico. El visitante le orientó que manipulara con cuidado el explosivo y que comprara tres latas de café de un kilogramo cada una, vaciara su contenido y pusiera en su lugar el explosivo, las tapara y las sellara con estaño.

Ruiz recibió dinero para comprar baterías, mecha y todo lo necesario para preparar tres bombas. Ruiz Hernández pensó que se trataría de volar el consulado de Cuba en la ciudad de Mérida. El visitante le dijo que viajara a esa ciudad, vía Cozumel, donde se encontraría con otros miembros del grupo que actuarían allí. Cuando Ruiz llegó a la aerolínea para sacar el pasaje, se encontró con un sujeto que le decían Tavito (Pablo Gustavo Castillo Díaz) y otro de apellido Fernández, a los que saludó y estos se identificaron como miembros del Frente de Liberación.

Los tres viajaron hasta Mérida, vía Cozumel, Ruiz Hernández llevó las tres latas preparadas como le indicaron, así como las compras realizadas para elaborar las bombas. Al día siguiente todo el grupo fue a desenterrar las dos pistolas ocultas. Coordinaron cómo secuestrar al Cónsul de Cuba, por el que pedirían un rescate elevado al gobierno de Cuba.

Durante varios días vigilaron el edificio donde se encontraba el consulado de Cuba, hasta que el 23 de julio, siendo aproximadamente las 16:00 horas, estando todo el grupo a bordo de un automóvil marca Dodge, el cual era manejado por Castillo Díaz, vieron que el cónsul Daniel Ferrer salía de la oficina consular acompañado de un individuo, al que Ruiz Hernández no conocía. El Cónsul y su acompañante abordaron un vehículo, por lo que procedieron a seguirlo a distancia, hasta que llegaron al centro de la ciudad de Mérida, estacionando Castillo Díaz el automóvil cerca del vehículo del Cónsul; este último rebasó el coche del funcionario dándose cuenta Ruiz Hernández que ni el Cónsul ni la persona que lo acompañaba estaban a bordo del vehículo, por lo que Castillo Díaz avanzó un poco más, bajándose del automóvil Ruiz Hernández y Gaspar Jiménez Escobedo y caminando se dirigieron al coche del Cónsul, en el trayecto intercambiaron sobre lo difícil que resultaría el secuestro y que además, no tendrían lugar a donde llevarlo por lo que decidieron darle muerte de inmediato.

Al llegar hasta el automóvil del Cónsul esperaron que apareciera este y su acompañante y cuando esto sucedió, se les acercaron por la espalda, procediendo Ruiz Hernández a encañonar al acompañante del Cónsul, hizo lo mismo con Ferrer, pero este se volteó y forcejeó con Gaspar Jiménez para posteriormente correr hacia el interior de la cantina donde se introdujo; mientras tanto Ruiz Hernández, al percatarse que Artaignán, a quien tenía encañonado intentaba desarmarlo, le disparó en varias ocasiones, hiriéndolo, por lo que Ruiz Hernández y Jiménez Escobedo corrieron hacia el automóvil y en unión de Castillo Díaz se dirigieron hasta el hotel en donde Ruiz Hernández había escondido los explosivos. Ruiz colocó las latas dentro de su maleta y se dirigieron hacia el aeropuerto en donde se separaron. Uno fue a sacar boletos sin destino fijo, otro fue a estacionar el auto y el otro a tomar café. Cuando Ruiz se dirigía a una cafetería, fue detenido.

Los participantes en la tentativa de secuestro del cónsul de Cuba en Mérida, Yucatán, Daniel Ferrer Fernández en el que resultó asesinado el técnico cubano de la pesca Artaignán Díaz Díaz, fueron Gaspar Eugenio Jiménez Escobedo, Orestes Ruiz Hernández y Pablo Gustavo Castillo Díaz; resultaron detenidos los dos primeros y escapó el tercero. Todos dijeron ser de la CORU.

Los tres sujetos mencionados se internaron en México de la siguiente manera:

Gaspar Jiménez Escobedo, el 19 de julio de 1976 en la Oficina de Población de Cozumel, Quintana Roo se le extendió la forma FMT No. 5492631, acreditándose con el pasaporte No. l734522, expedido por el gobierno de Estados Unidos en Miami, el 21 de agosto de 1974. En su pasaporte se encuentran visas de las siguientes repúblicas: Chile, Colombia, Costa Rica, Argentina, El Salvador, República Dominicana y México.

Orestes Ruiz Hernández, entró con un pasaporte y documento de migración falsos a nombre de Manuel Allen, los cuales mostró a la oficina de Migración de Cozumel, Quintana Roo.

El prófugo Gustavo Castillo entró a México el 19 de julio de 1976, presentando el pasaporte No. 75058, expedido por el gobierno de Estados Unidos el 2 de abril de 1974, en el cual se encontraron visas de los siguientes países: República Dominicana, Trinidad & Tobago, Nicaragua, Costa Rica, Guatemala, Jamaica y México.

El 9 de agosto la CORU se acreditó el secuestro, desaparición y asesinato de los diplomáticos cubanos Jesús Cejas Arias y Crescencio Galañena Hernández, en Argentina, una operación que realizaron en realidad grupos fascistas argentinos en complicidad con los cuerpos represivos de ese país.

Terror en la Avenida de las embajadas

"Uno de los peores actos de terrorismo de Estado nunca visto en territorio norteamericano". Fue, en estos términos, que titulares de la prensa calificaron el horrendo atentado que, en pleno día y en el propio corazón del Washington diplomático, provocó la muerte del ex embajador y ex ministro de Relaciones Exteriores chileno, Orlando Letelier, y de su joven colaboradora norteamericana, la activista de los derechos humanos Ronni Moffit.[1] Años después se supo que detrás de este crimen horrible se encontraba una alianza diabólica: la de los servicios secretos del dictador fascista Augusto Pinochet y de la organización más fanática de la mafia terrorista cubano-americana: el Movimiento Nacionalista Cubano que se había integrado a la CORU.

Después del golpe de Estado contra el presidente constitucional Salvador Allende Gossens, la junta fascista chilena encargó a la Dirección de Inteligencia Nacional, apoyar los proyectos criminales de los terroristas anticubanos, quienes proponían a cambio, sus servicios para liquidar a los oponentes a la dictadura radicados en el extranjero.

La DINA tenía como objetivo eliminar físicamente a la oposición en el interior y en el exterior. Así fue como terroristas de la catadura

[1] Townley sobre el asesinato de Letelier y Moffit declaró en febrero de 1993, al periodista chileno Marcelo Araya que él recibió la orden de Espinosa Bravo de asesinar al chileno, él era un soldado, un terrorista de derecha y como tal cumplió su misión, no sentía orgullo, lamentaba solo la muerte de Ronni.

de Luis Posada Carriles, Guillermo Novo Sampoll y Gaspar Jiménez Escobedo —todos fundadores de la CORU— al lado del asesino Orlando Bosch, participaron activamente en un importante número de acciones a favor de la junta pinochetista, como asesores o proveedores de mercenarios, materiales explosivos y apoyo logístico.

Era el martes 21 de septiembre de 1976 cuando ocurre el atentado contra Letelier y su colaboradora, una potente bomba colocada bajo el carro de las víctimas, fue detonada por control remoto. El vehículo, un Chevelle 1975, estalló en medio de Massachussetts Avenue, en el barrio de Embassy Row, uno de los más prestigiosos de la capital.

La autopsia del cuerpo de Letelier, que tenía 44 años y era padre de cuatro hijos, señaló: "Sangrado, amputación traumática de las extremidades inferiores y lesiones sufridas con la explosión". Fue tal el efecto brutal de los explosivos, que un oficial presente le expresó a Isabel, la esposa de Letelier: "Esto no fue un accidente automovilístico, colocaron una bomba en el automóvil de su esposo. El cuerpo quedó destrozado, partido en dos partes. Las piernas volaron a varios metros de distancia. Es mejor que recuerde a la persona que salió de su casa esta mañana".

La investigación fue extraordinariamente larga y compleja. El asesinato tenía, por supuesto, un impacto político considerable. En Chile, el general fascista Augusto Pinochet detentaba poder y la represión policiaca alcanzaba niveles sin precedentes. La policía secreta, la siniestra DINA, eliminaba sistemáticamente toda oposición, para ello, había contratado a los mercenarios anticubanos.

Un operativo en Washington con el empleo de la violencia era asunto delicado, aunque Pedro Espinosa,[2] jefe de operaciones de la DINA, aseguraba la efectividad del plan con la colaboración de los principales grupos terroristas anticubanos —unificados por entonces en la CORU— además del experimentado grupo terrorista MNC.

En Langley, George H. W. Bush —petrolero millonario, ex operativo de la CIA en Miami, hijo de un banquero castigado por sus lazos

[2] Townley narró al periodista chileno Marcelo Araya en 1993, que él conoció a Espinosa Bravo en abril de 1974, surgió entre ellos una bonita amistad, que terminó en su reclutamiento para la DINA en noviembre de ese año.

financieros con la Alemania hitleriana y luego elegido al Senado— dirigía la CIA con un estilo fuera de lo común. Por supuesto, sus agentes fueron de los primeros en aparecer en el sitio del crimen de Letelier, además de los del FBI y de los varios cuerpos de la policía del Distrito Federal de Columbia.

Letelier gozaba de un gran prestigio, pues había ocupado puestos de gran importancia en el gobierno constitucional de Salvador Allende: embajador en Estados Unidos, ministro del Interior, ministro de Relaciones Internacionales y ministro de Defensa al momento del golpe. Ese mismo día fue arrestado y enviado a la isla Dawson, cerca de la Antártida, para su planificada ejecución. Pero, gracias a numerosas presiones internacionales, fue puesto en libertad y deportado a Venezuela, desde donde llegó a Estados Unidos para emprender, de inmediato, la lucha contra el régimen fascista. No eran pocos los individuos y organizaciones que, después de este horrible asesinato, reclamaban conocer toda la verdad en este caso.

Mientras las sospechas del público de algunos órganos de prensa y de los propios colaboradores de Letelier se dirigían hacia la dictadura de Pinochet, unas inesperadas teorías, desmintiendo las primeras, fueron de repente publicadas por la prensa..., se hizo bajo las instrucciones personales del propio George Bush, según se supo muchos años más tarde.

La muy conocida revista *Newsweek*, beneficiándose de fuentes supuestamente exclusivas, difundió unas "revelaciones" que sorprendieron a todos. Según estas el asesinato de Letelier y Moffit, increíblemente, no era el resultado de un complot de los esbirros de Pinochet. Se trataba, afirmaba el semanario citando un "informe secreto" de la CIA destinado al FBI, de un golpe montado por "extremistas de izquierda", deseosos de matar a Letelier para "crearse un mártir".

Se supo más tarde que George Bush, no satisfecho con esta campaña de prensa, había desinformado personalmente a Henry Kissinger, el secretario de Estado encargado de la diplomacia estadounidense, quien se había reunido con Pinochet en Chile, confirmándole la "autenticidad" de las teorías publicadas por *Newsweek* y la "inocencia" de la DINA.

El periodista chileno Rafael Otero Echeverría era en el momento del asesinato el tercer hombre dentro de la embajada de Chile en

Washington, donde ocupaba el cargo de cónsul y consejero para los Asuntos Públicos; por circunstancias específicas estaba a cargo de la misión diplomática cuando estalló la bomba.

Sus superiores estaban en el aeropuerto de Dallas en espera de una delegación gubernamental chilena que encabezaba el ministro de Hacienda, el señor Jorge Cahuás. Otero recibió el primer aluvión de llamadas, preguntas y protestas por el crimen cometido. Fue interrogado por las autoridades norteamericanas y la opinión generalizada lo situaba al frente de la Oficina de la DINA Exterior en Estados Unidos. Siguiendo su oficio, el detective Stanley Wilson del Departamento de Homicidios de la Policía del Distrito de Columbia, reunió documentos oficiales y versiones periodísticas sobre el hecho.

En el número del *Washington Post* del 9 de octubre de 1976, apareció, en su primera página, un artículo con el título "La CIA coopera en la investigación del asesinato de Letelier", estaba ilustrado con una foto del entonces director de la CIA, George Bush y de Orlando Letelier. Se describía que Bush se había reunido con importantes funcionarios del Departamento de Justicia, para colaborar en el esclarecimiento de la muerte de Letelier. El día 14 Bush se entrevistó con el abogado asistente federal J. Stanley Pottiger y con el abogado asistente del mencionado Departamento, Eugene Propper, quien como fiscal coordinaba la investigación.

Al final el reportaje concluía que los autores del asesinato podían ya estar fuera del país y que la indagación pudiera conducir a descubrir información sensible de Inteligencia que la CIA querría mantener en secreto. Tiempo después el propio Propper escribió su libro *Laberinto,* donde registró sus hallazgos, experiencias y opiniones sobre el crimen.

Rafael Otero llegó a varias conclusiones personales, todas dirigidas a sustentar sus propios juicios, sobre Townley. Algunas de ellas resultan interesantes aunque contradicen la opinión oficial de la CIA. El periodista en funciones de investigador asegura que el terrorista norteamericano era hijo del ex gerente de la empresa norteamericana Ford Motors Company en Santiago de Chile, quien según Otero, era el jefe de esa agencia para el Cono Sur de la América Latina. Añade, que tanto el padre como el terrorista conocieron allí a Federico Willoughby, quien era el relacionista público de la Ford en Santiago.

Otra conclusión del cónsul Otero reitera que los terroristas cubanos Dionisio Suárez y Virgilio Paz, habían sido miembros de la brigada invasora que la CIA entrenó para invadir a Cuba. También él añade más de lo mismo al concluir que entonces los cuatro más altos jefes de la Dirección de Seguridad e Inteligencia Política de Venezuela (DISIP), eran de origen cubano y agentes de la CIA. Los habían enviado para reestructurar ese órgano represivo en la década de los sesenta, uno de los cuatro mencionados, era Luis Posada Carriles.

Una revelación de Otero, que toma del mencionado libro *Laberinto,* es que la DISIP, por medio de dos de sus jefes, envió a Chile a los terroristas cubanos Orlando Bosch y Rolando Otero con el objetivo de infiltrar a la DINA.

El investigador Rafael Otero, asevera que los resultados de sus indagaciones y las declaraciones del terrorista Rolando Otero, en el momento de ser deportado a Estados Unidos por Chile, coinciden en afirmar que su misión recibida de la DISIP era infiltrarse en la agencia chilena, obtener algún tipo de credencial y preparar luego un atentado contra el secretario de Estado norteamericano Henry Kissinger en el viaje que este haría a Costa Rica primero y a Chile después, lo cual sucedió en julio de 1976 para concurrir a la reunión de la OEA.

Estas revelaciones generan dudas. Según lo que descubre el Cónsul, la CIA envía a los terroristas de origen cubano a la DISIP de Venezuela, esa agencia norteamericana también había entrenado a Rolando Otero y a Orlando Bosch, la DISIP trata de infiltrar a la DINA por medio de ambos y el fin era asesinar a Kissinger, quien como se ha revelado por documentos desclasificados norteamericanos estuvo al tanto y supó la Operación Cóndor. El motivo para eliminar a Kissinger, no queda claro, salvo que fuese debido al diálogo secreto propiciado por él entre representativos de las autoridades cubanas y norteamericanas, lo cual era calificado por sectores extremistas de la contrarrevolución cubana como una traición.

Sumergirse por los vericuetos que ofrece el periodista nos llevaría a que la CIA o sectores dentro de esa agencia estarían interesados en deshacerse de Kissinger con el empleo de los terroristas anticubanos, lo cual no sería un imposible, ya que la historia registra esta práctica por parte de la agencia norteamericana. Este tema puede ser objeto de otra investigación.

Eugenio Berríos, científico chileno, quien desarrollaba proyectos por encargo de la DINA, introdujo entonces una variante atractiva para asesinar a Letelier, que fue considerada por Espinosa y Contreras, ya que evitaría utilizar la fuerza en un país aliado de la junta, como Estados Unidos. Para mediados de 1976, el "científico loco" como se le conocía, había perfeccionado el empleo del gas sarín. Sus efectos letales podían lograrse no solo mediante inyecciones. Berríos había desarrollado una fórmula por medio de la cual el gas, al contacto con el aire, se condensaba en pequeñas gotas que asimiladas a través de la epidermis bloqueaban la química pulmonar y provocaban el deceso inmediato por asfixia, tenía un efecto letal fulminante y sin rastros.

Townley y Berríos dispararon la imaginación: las autoridades estadounidenses nunca descubrirían las verdaderas causas de la muerte, si los sicarios lograban acercarse lo suficiente a Letelier como para rociarlo con el sarín, sin despertar sus sospechas.

En junio de 1976, Townley tomó las providencias para la introducción en Estados Unidos de un pequeño frasco de perfume Chanel No. 5 que Berríos preparó cuidadosamente. Contreras no creyó en la eficacia de esa variante y no dio finalmente la luz verde para su empleo, tras una reunión con el brigadier Pedro Espinosa en su despacho del cuartel general de la DINA, en el número 11 de la calle Belgrano. El jefe de operaciones y el responsable de Quetropillán decidieron que el teniente Armando Fernández Larios, oficial del ejército reclutado por la DINA, reforzaría la misión en Washington, para enfrentarse al activo movimiento de resistencia.

Fernández Larios ingresó en Estados Unidos en los primeros días de agosto; Townley lo hizo el 22 de agosto;[3] ambos tuvieron un único

[3] El 26 de agosto de 1976, el FBI redactó un informe sobre el control de Guillermo Novo Sampoll donde se significa que tenía la misma dirección particular y seguía como vendedor del Ford Center, en North Bergen, New Jersey. El 19 de julio de ese año se señalaba que el Movimiento Nacionalista Cubano tenía como sede principal en el número 4417 de New York Ave., en Union City, New Jersey. El 15 de julio de 1976, Guillermo Novo y José Dionisio Suárez estaban en un plan de asesinato contra el doctor Ricardo Alarcón, embajador de Cuba ante la ONU.

contacto en el aeropuerto de Miami, donde Fernández Larios entregó a Townley un informe detallado sobre los movimientos del ex ministro de Allende, resultado del seguimiento que durante días habían dado a su objetivo. Parte de esta información fue encontrada en la oficina del terrorista internacional Luis Posada Carriles, quien había reclutado a Rolando Otero Hernández con el fin de que trabajara para él.

El 10 de septiembre, en vísperas de un nuevo aniversario del golpe de Estado, un decreto ordenaba la cancelación de la ciudadanía de Letelier. El ex Ministro interpretó erróneamente el documento que lo convertía en apátrida: "Pinochet mata en septiembre", comentó recordando el atentado contra Prats, y dedujo que la DINA, al menos ese año, no intentaría eliminarlo. En esos mismos momentos, algunos terroristas anticubanos del MNC y un "rubio chileno" rondaban en torno a su residencia y apresuraban su destino final. Ya no sería más un peligro para la junta.

El frasco de Chanel, sin embargo, quedó descartado. Los anticubanos habían impuesto su estilo. Letelier moriría, pero con explosivos; y Townley integraría el equipo de ejecución. Para ello este debió modificar las órdenes iniciales: se pretendía que el día del atentado estuviera fuera de Estados Unidos. En cambio, se vio obligado a involucrarse personalmente en la fabricación de la bomba. Logró, no obstante, salir de Washington: el "día D" lo encontró en Fort Lauderdale, Florida, en visita a un comercio de dispositivos electrónicos, donde dejaría rastros que perfeccionaran su coartada.

El artefacto fue colocado por Townley el 19 de septiembre en la parte delantera del chasis del auto de Letelier, y fue accionado por control remoto el martes 21, cuando el vehículo transitaba por Sheridan Circle, la "avenida de las embajadas", casi frente al edificio de la representación diplomática chilena. Letelier y su joven secretaria norteamericana, Ronni Moffit,[4] murieron instantáneamente.

[4] Su nombre completo era Ronni Susan Karpen, hija de padres de origen judío, dedicados al comercio. Ella fue maestra de primaria, se vinculó al Instituto de Estudios Políticos (IPS), que era una sucursal en Estados Unidos del Transnational Institute de Holanda, por medio de Marcus Raskin, eminente intelectual estadounidense. En enero de 1976 contrajo matrimonio con el economista Michael Moffit, quien había ingresado al IPS en 1974.

La explosión decepcionó a Eugenio Berríos. En aquel momento, él no concebía siquiera la posibilidad de que el asesinato de Letelier pudiera llegar a condicionar su vida, tan absoluta era su certeza de la impunidad. Su megalomanía se había visto resentida: el atentado no había registrado la impronta de su inteligencia. Quedó preocupado y frustrado, el asesinato de Letelier generó profundas contradicciones en el interior del régimen, que afectaban las posiciones de poder de su patrón, el coronel Contreras, y las consecuencias en lo inmediato se abatían sobre su socio, Michael Townley, pero la madeja podía llegar hasta él.

Pronto se vio que era materialmente imposible aislar el asesinato de Letelier del resto de los atentados promovidos por la DINA en el exterior. Las pistas formaban un espeso entramado; los protagonistas, fueran estos fascistas cubanos, chilenos, estadounidenses o italianos, aparecían en los escenarios superpuestos más diversos y confusos, manos profesionales habían urdido un vasto plan desinformador para despistar a los investigadores.

A principios de 1977, los fiscales del caso Letelier indagaron en el medio contrarrevolucionario de Miami y Nueva Jersey, rastreando la identidad del "chileno rubio", este no era otro que Michael Townley, un civil —y además extranjero— que conocía muchos secretos comprometedores. De hecho, Townley estaba involucrado en un plan que afectaba, como ninguno, la seguridad nacional; un plan que dependía en gran medida del "científico loco", Eugenio Berríos.

Sospechosos: terroristas de la CORU

Después de una laboriosa búsqueda, miles de entrevistas y cientos de falsas pistas sembradas por la propia CIA, cinco sospechosos de origen cubano fueron encausados por el FBI.

Los cinco individuos: los hermanos Guillermo e Ignacio Novo Sampoll, José Dionisio Suárez Esquivel, Virgilio Pablo Paz Romero y Alvin Ross Díaz,[1] pertenecientes todos al tristemente famoso grupo terrorista MNC, integrados a la CORU, que reunió en una sola organización a varios mercenarios y matones de origen cubano de los que disponía. Guillermo e Ignacio Novo Sampoll, no eran unos desconocidos para el FBI; en 1961, cumpliendo orientaciones del Movimiento Nacionalista Cubano, se habían incorporado a los preparativos de la invasión mercenaria a Cuba por Playa Girón, pero su grupo no llegó a desembarcar.

Se unieron luego al grupo de Julio Pérez Pérez, y reconocían públicamente haber puesto bombas a nombre del Comando Cero. En 1962, atacaron el barco cubano *María Teresa* en el puerto de Montreal, Canadá. En 1964 fueron arrestados, acusados del ataque con una

[1] El 4 de mayo de 1978 el agente del FBI George F. Cannon, en una declaración jurada testimonió que el transmisor electrónico encontrado en el compartimiento de guantes del automóvil Lincoln Continental, que manejaba Alvin Ross, pudo haber sido el que detonó la bomba que dio muerte a Orlando Letelier. Cannon añadió que tanto Ross como Novo pertenecían al MNC, también identificado como Omega 7. Ross fue acusado de usar y almacenar explosivos en Union City, Nueva Jersey.

bazooka al edificio de la ONU, cuando el comandante Ernesto Che Guevara hablaba ante la Asamblea General. En 1965, fueron arrestados nuevamente por tenencia ilegal de armas y explosivos.

En 1979, Guillermo Novo Sampoll fue sentenciado junto a Alvin Ross Díaz a cadena perpetua e Ignacio Novo Sampoll a 8 años de prisión por el asesinato de Letelier, condenas que fueron apeladas y revocadas en 1980.

Poco después de su liberación, Guillermo e Ignacio Novo fueron contratados por la Fundación Nacional Cubano Americana[2] y su jefe, Jorge Mas Canosa, para dirigir el Comité de Información de ese grupo mafioso.

Suárez y Paz estuvieron desaparecidos durante 12 años hasta que las autoridades los detuvieron. El FBI les reconocía un nivel de peligrosidad tan elevado que, en este lapso, el aviso de búsqueda de Paz había sido difundido hasta en el programa televisivo America's Most Wanted, en el cual se divulgaban sistemáticamente las características de los individuos más peligrosos buscados por los cuerpos de policía de todo el territorio norteamericano. Acusados, ambos admitieron su participación en el doble asesinato y fueron condenados a 12 años de cárcel.

El periodista Rafael Otero estima que la entrega por Chile de Rolando Otero a Estados Unidos fue de enorme trascendencia para comprender el asesinato de Orlando Letelier. Él da su propia cronología sobre cómo sucedieron los hechos. Townley viaja de forma imprevista de Santiago de Chile a Nueva York en la noche del 8 de septiembre de 1976 con un pasaje que compra en efectivo en una agencia de turismo a nombre de Hans Petersen Silva. Llega al día siguiente y se reúne de inmediato con los hermanos Novo, Suárez y Paz en Nueva Jersey, para ultimar detalles para el atentado. Los sucesos se desarrollan con celeridad, el día 10, tres terroristas de origen cubano visitan al agregado naval de la embajada de Chile en Washington, Ronald MacIntyre, su propósito era protestar por el proceso en curso para deportar a Rolando Otero.

[2] Creada el 6 de julio de 1981.

En el libro *Laberinto,* uno de sus autores, Eugene Propper, quien indudablemente fue un actor con acceso a abundante y verídica documentación, hace referencia a lo descrito por Otero, pero con un enfoque de contenido totalmente distinto. Primero los terroristas de origen cubano fueron convocados por MacIntyre, el ofrecimiento fue hecho por él, que según Propper era una especie de trueque: que "los cubanos" mataran a Letelier y que Chile compensaría este acto y la entrega de Rolando Otero. Propper desarrolló esta tesis en el proceso judicial ante un Gran Jurado, por ese motivo el FBI sometió a MacIntyre al detector de mentiras, que arrojó resultados negativos. Propper insistió en su versión y consideró que la agencia había fracasado y sostuvo en su libro su propia opinión.

La verdad acerca de los responsables del asesinato Letelier-Moffit estalló, casi un cuarto de siglo después de los hechos cuando, el 18 de septiembre de 2000, un informe de 21 páginas de la CIA dirigido al Congreso confirmaba, por primera vez, que el máximo responsable de la conspiración era Manuel Contreras, el jefe de Inteligencia de la DINA, la policía secreta de la dictadura de Pinochet.

El "terrorista en jefe" de Contreras, Michael Townley, un norteamericano que supuestamente era a la vez agente de la DINA y colaborador activo de la CIA, y Armando Fernández, un oficial del ejército chileno y también agente de la DINA, entraron ilegalmente a Estados Unidos —con pasaportes paraguayos autorizados por el dictador Alfredo Stroessner, tras un pedido especial de Pinochet— para reunirse con las principales figuras de la CORU y convenir una colaboración. Guillermo Novo y su hermano le aseguraron personalmente su colaboración y le encargaron a sus matones proveer todo el material y la asistencia necesarios.

El 19 de septiembre de 1976, Townley, Suárez Esquivel y Paz Romero se dirigieron a la casa de Orlando Letelier en Bethesda, Maryland, donde Townley colocó la bomba[3] bajo el auto del ex Embajador. El 21 ocurría el atentado, Townley avisó inmediatamente por teléfono a los hermanos Novo que "algo" había ocurrido en el

[3] Townley reconoció al periodista chileno Marcelo Araya que él preparó la bomba con la ayuda del terrorista cubano Virgilio Paz y en presencia de Dionisio Suárez Esquivel.

distrito de Columbia y abandonó el país el 24 para regresar a Chile. La CIA también reveló que sabía con antelación de las intenciones de Contreras quien, además de espía pinochetista, aparecía en la contabilidad de la Inteligencia norteamericana. Entretanto, Townley fue extraditado desde Chile en 1978, y estuvo encarcelado como mencionamos apenas a cinco años en Estados Unidos, mientras colaboraba con el FBI. Fue finalmente liberado y hoy vive con otra identidad al amparo del programa de protección de testigos, a pesar de sus numerosos crímenes.

Hoy día, Guillermo Novo vive como un ciudadano ilustre en el depósito de criminales que es Miami, después de haber estado preso en Panamá con Luis Posada Carriles, por la tenencia de explosivos con los cuales pretendían provocar la explosión de una potente bomba en el Paraninfo de la Universidad de Panamá, en medio de una reunión de solidaridad con Cuba donde asistiría Fidel Castro, durante la X Cumbre Iberoamericana de Jefes de Estado celebrada en Panamá en noviembre de 2000.

Liberados de la cárcel federal, Suárez Esquivel y Paz Romero fueron entregados —siendo ciudadanos cubanos— al Inmigration and Naturalization Service (INS), organismo encargado de expulsar del país a los extranjeros en situación irregular después de su detención.

Pero, gracias a la intervención de la Fundación Nacional Cubano Americana, siempre dispuesta a socorrer a sus fieles servidores, el propio presidente George W. Bush autorizó, en el curso del verano de 2001, que los dos peligrosísimos terroristas fueran puestos en libertad.

Virgilio Paz salió del Bradenton Detention Center, del INS, al sur de Tampa, el 25 de julio, y Dionisio Suárez también regresó a la calle el 14 de agosto. ¡Unas pocas semanas antes del 11 de septiembre!

El colmo de la tolerancia fue, sin embargo, el 20 de mayo de 2004, cuando George W. Bush habló, en Miami, frente a los más representativos elementos de la mafia anticubana. Los dos terroristas estaban ahí presentes, aplaudiendo delirantemente sus palabras.

Suárez Esquivel y Paz Romero, de nuevo libres para retomar sus actividades terroristas —en los que son verdaderos profesionales— tuvieron la oportunidad, no solo de escuchar a su amo hablar de sus "sueños" de una "nueva Cuba", sino, también, de agradecerle su libertad. George Bush (padre) nunca tuvo que explicar su papel, como jefe de la CIA, en esta historia sucia de asesinatos y desinformación.

Su hijo, quien se dice gran inquisidor del terrorismo universal, no ha sido cuestionado sobre los motivos de la puesta en libertad de esos criminales ni siquiera por la prensa llamada "libre".

Las investigaciones sobre el asesinato de Letelier han indagado a fondo sobre el conocimiento o no de las agencias norteamericanas sobre el proceso y desarrollo de la conspiración para el crimen; tendencias opuestas niegan y afirman hasta donde se conoció oportunamente y se dejó el curso de los acontecimientos, sin embargo, un hecho incontrovertible e imposible de refutar a partir de los documentos desclasificados por la CIA y el FBI, es el control que ejercían entonces sobre los terroristas implicados en el hecho, por su largo historial criminal. Existía un seguimiento meticuloso de sus movimientos dentro y fuera de Estados Unidos, reportes diarios de sus actividades más frecuentes, como la asistencia al trabajo de los Novo Sampoll, o la presencia o no de estos en la zona de residencia. ¿Cómo es posible que no detectaran sus planes? Se mencionan a decenas de fuentes del FBI, que reportaban con certeza y a diario sobre ellos.

¿Cómo explicar que un grupo de terroristas anticubanos residentes en Estados Unidos se complotan con una agencia de Inteligencia extranjera como la DINA para cometer un crimen dentro del territorio norteamericano y eso escapa a la sagacidad y competencia de las organizaciones encargadas de preservar el orden? Desde 1975, todas las agencias estadounidenses especializadas en combatir el terrorismo se suponía tenían bajo la lupa a los grupos anticubanos ante los reiterados hechos de terror cometidos por estos en su territorio.

El proyecto Andrea

De este engendro, se tuvo noticias en 1981 que había cobrado cuerpo en la base de Lo Curro,[1] a partir de la planificación del atentado contra Letelier. El frasco de Chanel No. 5, que no fue usado finalmente en Washington, encerraba el germen de un arma estratégica. Si como sostenía Hermes —nombre operativo dado por la DINA a Berríos— el sarín mantenía sus propiedades letales al condensarse en contacto con el aire, entonces su dispersión masiva podría tener efectos más devastadores que cualquier proyectil de fragmentación. En realidad, podía asimilarse a los dispositivos más modernos de aniquilamiento masivo, era de hecho un arma de exterminio.

El alquimista de la muerte se convirtió en un personaje mimado, pero ya no volvería a ver a Townley, cuyo rostro finalmente había sido capturado por los agentes del FBI. Los fiscales norteamericanos se desesperaban: habían confirmado que el Kenneth Enyart que había tomado contacto con los cubanos de Miami era el Andrés Wilson que reclutó a los sicarios en Nueva Jersey para el "contrato" de Washington.

[1] En esta casa comprada por la DINA para Townley, su familia y equipo, no solo se experimentaba con químicos, también se ejecutó —según las declaraciones del norteamericano en 1993— al diplomático español Carmelo Soria Espinosa, que fue secuestrado el 15 de julio de 1976, por la Brigada Mulchen y llevado a Lo Curro, allí lo asesinaron y después simularon el "suicidio" del español. Este comando especializado en ejecuciones clandestinas fue formado a comienzos de 1976.

En los antecedentes encontrados en sucesos ocurridos de muertes misteriosas, está el caso del chileno Eugenio Berríos Sagredo, que se conocía en el medio de la Operación Cóndor como "el científico loco". Había nacido el 14 de noviembre de 1947 en Santiago de Chile, cursó sus estudios de biología en la Universidad de Concepción. Ya en 1970 Berríos integraba el grupo de extrema derecha chileno Patria y Libertad.

Tras el golpe del 11 de septiembre de 1973, había acumulado méritos como para ser reclutado por los organismos de Inteligencia de su país, por ello fue escogido por la Dirección de Inteligencia Nacional del Ejército (DINE), para desarrollar experimentos secretos, al parecer vinculados al complejo militar-industrial. Su expediente exhibía dos cualidades que llamaron la atención de los mandos: una mente privilegiada y una conciencia carente de escrúpulos.

A comienzos de 1974 se crea la DINA, que sería identificada como la policía política de la dictadura. En realidad, era una supraestructura de inteligencia y contrainteligencia con amplios poderes omnímodos para controlar a las distintas armas, el entonces coronel Manuel Contreras fue elegido para dirigir ese instrumento de represión.

Eugenio Berríos pasó a trabajar para la DINA a fines de ese año. El coronel Contreras lo eligió para ejecutar experimentos secretos de laboratorio. La idea consistía en retomar las investigaciones sobre las propiedades del conocido gas sarín, que los nazis habían dejado inconclusas cuando sobrevino la derrota en la Segunda Guerra Mundial. Una investigación iniciada indicaba que licuado e inyectado en el torrente sanguíneo, el sarín supuestamente debía generar trastornos neurológicos y provocar una muerte rápida sin dejar rastros, cuya causa solo podría atribuirse a un ataque cardiaco, por lo que tenía su propio mecanismo de enmascaramiento.

El gas sarín no tenía ninguna utilidad en interrogatorios; solo podía servir en aquellos casos en que se deseara eliminar enemigos sin dejar firma, ni trazas. Podía convertirse en un arma efectiva de los grupos de operaciones especiales que el coronel Contreras estaba empeñado en organizar para combatir "a los enemigos en cualquier parte del mundo, allí donde estén".

Eugenio Berríos fue asignado a la célula clandestina codificada con el nombre Quetropillán, que tenía su base de operaciones en una casa de la calle Vía Naranja, en el barrio de Lo Curro de Santiago. La casa fue alquilada a mediados de 1974 por el responsable de Quetropillán, Andrés Wilson, nombre de cobertura del estadounidense Michael Vernon Townley. En esa casa Berríos montó el laboratorio donde desarrollaría el sarín.

Cuando él se incorporó al grupo de Lo Curro, Townley ya había dado suficientes muestras de su fidelidad incondicional al régimen de Pinochet. Al igual que el "científico loco", el estadounidense se había incorporado, a comienzos de la década de los setenta, a Patria y Libertad, había integrado los selectos comandos paramilitares encargados de ejecutar asesinatos políticos desde el momento mismo en que Salvador Allende fue presidente electo. Radicado en Chile desde los 15 años, cuando su padre se instaló como gerente general de la filial Automovilística Transnacional Ford.

Acusado de participar en el asesinato de un custodio de una estación gubernamental interceptora de ondas de televisión ilegales, ocurrido en Concepción en 1972, Townley escapó del país. Tras el golpe, regresó a Santiago para ponerse a disposición de la junta. Previsoramente, se presentó en la aduana con un pasaporte falso a nombre de Kenneth Enyart, una de las numerosas personalidades que asumiría después en otras operaciones de exterminio.

Con ese pasaporte, Townley viajó a Buenos Aires para coordinar el atentado que costó la vida del general Carlos Prats González,[2] —comandante en jefe del ejército durante la presidencia de Allende— y de su esposa Sofía Cuthbert.

[2] División de Inteligencia del FBI. Nota informativa. Fecha: 1ro de octubre de 1974. Anexo desde Buenos Aires, informes del asesinato del general Carlos Prats González.
Carlos Prats González, anterior comandante general del ejército chileno y ex ministro de Defensa, fue asesinado con su esposa cerca de su hogar en Buenos Aires el 30 de noviembre de 1974. Un artefacto explosivo lanzado desde un carro que pasaba, los mató a ambos casi instantáneamente. Se especula que el asesinato fue llevado a cabo probablemente por una organización terrorista de derecha argentina. Después de la caída del gobierno de Allende en septiembre de 1973, Prats y su esposa vivían tranquilamente en Argentina. Había servido como agregado militar allí desde 1963 hasta 1966. Lo anterior se ha comunicado a la CIA, al Estado, al Servicio Secreto y a la División Criminal, Seguridad Interna y secciones de delitos generales del Asistente del Fiscal General. Tomado de un documento desclasificado que obra en el archivo del autor.

También lo empleó para su ingreso a Estados Unidos donde tomó contacto con las organizaciones terroristas de anticubanos, y con esa identidad viajó a Alemania donde compró los productos y materiales necesarios para montar el laboratorio en el que Berríos experimentaría con el sarín.

En el cuartel general del equipo de Townley, Berríos, quien había adoptado el seudónimo de Hermes, montó y puso en funcionamiento el laboratorio. Muy poco después, a mediados de 1975, estaba en condiciones de ofrecer resultados concretos, listos para ser utilizados en el terreno operativo.

La base de Lo Curro se convirtió en un centro de interrogatorios de detenidos. El sarín fue aplicado por primera vez a fines de 1975. Renato León Centeno, un funcionario de bienes raíces, y Manuel Leyton, agente de la policía secreta en desgracia por apropiarse de un automóvil que había pertenecido a un detenido-desaparecido, sirvieron de conejillos de indias. Por la forma en que ambos murieron, Townley estimó el comportamiento del gas neurotóxico como "satisfactorio", según confesó a la justicia su secretaria, Alejandra Damiani.

Cuando los fiscales mostraron las fotos de Juan Williams y Alejandro Romeral a los informantes infiltrados en las organizaciones terroristas anticubanas, varios identificaron, sin asomo de dudas, a uno de ellos, Williams, como el "rubio chileno".

Townley conocía casi toda la historia de Andrea cuando el 8 de abril fue "deportado",[3] es decir, entregado, esposado, al pie de la escalerilla de un avión, al agente del FBI estacionado en Buenos Aires, Robert Scherrer. La verdadera identidad de Enyart-Wilson-Williams fue aportada por el propio ejército chileno. Los investigadores se llevaron una doble sorpresa: el "chileno rubio" era en realidad estadounidense, y había ingresado en Estados Unidos con la identidad falsa de Hans Petersen Silva, un nombre del que no tenían la más mínima referencia.

¿Qué había pasado con el Proyecto Andrea? Quizás Berríos no estuvo al nivel de las expectativas, quizás los plazos se acortaron.

[3] El 8 de abril de 1978, Townley llegó al aeropuerto santiaguino y fue introducido por dos agentes del FBI en un avión de Ecuatoriana de Aviación con destino a Estados Unidos. Tomado de las declaraciones hechas por él al periodista chileno Marcelo Araya en la ciudad de Miami en febrero de 1993.

Townley[4] hizo en varias oportunidades veladas y enigmáticas alusiones al proyecto, desde la prisión. Se convirtió en testigo de la fiscalía de Estados Unidos y pasó al programa de protección de testigos, denunció a todos los anticubanos y al celosamente protegido Proyecto Andrea de los chilenos. Si los norteamericanos quisieron que siguiera su curso por un interés estratégico es una posibilidad. Townley manejó los secretos como cartas en una sutil partida de póquer, defendiéndose al mismo tiempo de los fiscales norteamericanos y de los generales chilenos: los primeros regateaban un acuerdo para reducir la pena a cambio de colaboración; los segundos trataban de convertirlo en chivo expiatorio, pero él optó por un trato judicial y se convirtió en testigo principal.

Desde Santiago de Chile les llegó un mensaje a los principales cabecillas del MNC: nada había ocurrido, nada habían conocido, nada habían visto de la variante de Berríos, cualquier desliz informativo se pagaría al estilo de la DINA. El testimonio de Townley terminó por incriminar a Eugenio Berríos. La complicidad del "científico loco" en el complot contra Letelier quedó documentada a partir del episodio del frasco de Chanel No. 5; desde el punto de vista de la seguridad, ello bastaba para dejar en evidencia las posibilidades militares del sarín, pero también estaban, desparramadas como piezas de otro *puzzle,* las múltiples pistas abiertas a partir de la investigación de las cuentas bancarias de la DINA, que revelaban las compras de equipos y materiales en Miami, Londres y Frankfurt.

Pero Hermes se convertiría potencialmente en un factor de problemas cuando fue evidente que el "caso Letelier" no estaba cerrado, ni mucho menos. La Inteligencia militar había tomado nota de la conducta de Townley y había llegado a la siguiente conclusión: los agentes civiles, independientemente de su adhesión y compromiso, nunca actuarían según los criterios de disciplina y *obediencia debida.* Hermes constituía un verdadero peligro; era depositario de delicados secretos que comprometían la seguridad nacional. Su conducta,

[4] Fue sancionado a 10 años de cárcel, colaboró intensamente con el FBI y a cambio cumplió menos de la mitad.

además, avalaba los temores de sus jefes. La Inteligencia chilena fue preparando cuidadosamente su salida del escenario.

También Berríos conoció en la casa de Lo Curro a Orlando Bosch Ávila, refugiado, entonces, en Santiago desde 1974. Presenció las entrevistas entre este y el Director de la DINA que facilitaron los frustrados contratos para asesinar, en Costa Rica, al jefe del Movimiento de Izquierda Revolucionaria (MIR) de Chile, Andrés Pascal Allende, y su esposa Mary Anne Beausiere Alonso. También conoció a Rolando Otero Hernández, que traicionó el "santuario" chileno y fue detenido por la DINA cuando se supo que trabajaba para la DISIP, de Venezuela donde, como se ha dicho, un grupo de hombres de la CIA de origen cubano ocupaban importantes cargos ejecutivos, como Luis Posada Carriles y Rafael Rivas Vázquez.[5]

La alianza de los terroristas anticubanos con los golpistas chilenos se crea y consolida más allá de lo imaginable, los documentos desclasificados, tal vez por descuido no destruidos para encubrir estos crímenes, nos llevan de la mano a genocidas proyectos que nos transportan del pasado, por extraña coincidencia, al todavía reciente, por sus efectos, 11 de septiembre de 2001 y los meses inmediatamente posteriores cuando el "olvidado" gas sarín resurge como arma letal. La punta del *iceberg* había emergido con fuerza 25 años atrás en el Cono Sur de América Latina, en los laboratorios de los fascistas chilenos, quienes experimentaron para su más diverso empleo.

Muchas pistas hoy se siguen para determinar si pudiera ser cierta la hipótesis de que las juntas militares integradas a la Operación Cóndor, participaron en la guerra biológica contra Cuba, como parte de proyectos originales engendrados en Estados Unidos. Existe constancia posterior de que los servicios especiales de esos países

[5] Los vínculos de Posada con autoridades chilenas continuaron aún después de ser detenido en octubre de 1976 por el sabotaje al avión de Cubana de Aviación. El 8 de agosto de 1982, Posada se fuga de una cárcel venezolana y se introduce en la embajada de Chile en Caracas, pero es reingresado a la prisión después de recibir garantías de que su juicio será acelerado. Los antecedentes de su intento de penetrar a la DINA por medio de Rolando Otero tal vez expliquen la negativa chilena de acogerlo.

trabajaron contra la presencia internacionalista cubana de médicos, maestros y asesores de todo tipo en Centroamérica durante la década de los ochenta, varios de los consejeros argentinos en la contra nicaragüense han dado su testimonio sobre las indicaciones que recibieron para obtener información sobre los internacionalistas cubanos en la región, ahora surgen indicios que refuerzan la tesis de esa probable actividad de guerra biológica contra los humanitarios proyectos de Cuba en el área.

Durante su juicio por actos terroristas en Estados Unidos, Eduardo Arocena, principal de la organización Omega 7, dijo haber introducido virus letales en Cuba.

Perú se incorpora a Cóndor

El 19 de diciembre de 2004 un cable de EFE desde Lima relataba la presentación del libro *Operación Cóndor: Una década de terrorismo internacional en el Cono Sur,* del investigador norteamericano John Dinges, donde se revela que esta operación contó con la participación de Perú desde 1978. Dinges se refiere a un documento secreto de la Central Nacional de Informaciones Chilena (CNI), donde se establece que el director peruano de Inteligencia llamó al Director de esa institución para informarle que Perú consentía la presencia de un representante chileno de Cóndor en Perú.

Como expresamos con anterioridad, los servicios chilenos utilizaron a los terroristas italianos y cubanos para espiar la construcción de barcos peruanos en Italia y también viajaron a Perú para recopilar información a favor de los militares fascistas chilenos. Las revelaciones de Dinges, agregan otra faceta de la hipocresía de los fascistas, quienes espiaban a los militares peruanos, mientras los admitían en la Operación Cóndor.

Los hallazgos de Dinges[1] ratifican los resultados de la presente investigación y explican un grupo de observaciones apreciadas sobre el accionar de los terroristas de origen cubano contra intereses

[1] Desde el año 2000 el autor mantiene relaciones de colaboración científica con John Dinges sobre temas de común interés en el marco de la Operación Cóndor.

cubanos en Perú entre 1977 y 1978, año en que Dinges fija la incorporación de Perú a Cóndor.[2]

El estudio histórico del comportamiento del terrorismo contra intereses cubanos en Perú entre 1959 y 2004 registra 17 actos consumados y de estos, 14 se ejecutaron entre 1977 y 1978, cuando Perú se suma a la internacional del crimen. Estos hechos ejecutados en esos dos años, no solo revelan cantidad, sino la peligrosidad y forma de manifestarse. Entre las acciones se identifican el hundimiento por medio de minas de dos barcos mercantes cubanos, lo cual sugiere la participación de expertos en explosivos. Durante años la explicación de estos hechos vandálicos se centraba en que los autores pertenecían a la Armada del Perú, y el motivo era tratar de romper los tratados de pesca suscritos entre los dos países, que permitía la pesca de la anchoveta, la reparación de barcos y cambios de tripulaciones pesqueras cubanas en puertos peruanos; sin embargo, la investigación realizada y las revelaciones de Dinges, permiten asumir que se trataba de una conspiración más abarcadora en la Operación Cóndor con la participación de los terroristas de Miami, quienes se acreditaron los sucesos.

Un breve análisis de las agresiones contra Cuba en el bienio 1977-1978 en Perú lista que todos los actos fueron acreditados por la CORU, alianza criminal plenamente insertada en la Operación Cóndor. En febrero de 1977 la residencia del Agregado Militar de Cuba en Lima es tiroteada; el 25 de julio es hundido el mercante cubano *Río Jobabo* en el puerto de El Callao; el 9 de septiembre es hundido el mercante cubano *Río Damují* en el mismo puerto; el 10 de octubre otro mercante es minado. El 10 de febrero de 1978 son amenazados los diplomáticos cubanos en Lima y en diciembre es atacada a tiros la embajada cubana en esa capital. Resumidas las acciones más relevantes, la muestra avala las deducciones obtenidas.

[2] El terrorista de origen cubano y ex agente de la CIA Félix Ismael Rodríguez Mendigutía sirvió como asesor de los servicios represivos peruanos denominados Sinchis entre 1968 y 1970.

El Cóndor sigue volando

Las relaciones entre los terroristas de Miami y los fascistas del Cono Sur están firmemente establecidas desde la década de los setenta, pero no se han detenido y permanecen vigentes. Es significativo un cable de la agencia norteamericana Associated Press, fechado en Santiago de Chile el 1ro de diciembre de 1998 que en su contenido ofrece pistas de que la alianza terrorista persistía: "El grupo ultraderechista Patria y Libertad anunció que el general Augusto Pinochet debe estar en Chile antes de Navidad 'por la razón o la fuerza'. 'Nuestro general deberá estar en Chile antes del 23 de diciembre, de lo contrario lo traeremos por la razón o la fuerza', sentenció Patria y Libertad". "Patria y Libertad informó que recibirá el apoyo del grupo de cubanos exiliados Omega 7 y que conjuntamente realizarán una vigilia en Londres [...]".[1]

Es conocido que Michael Townley, era miembro de Patria y Libertad desde antes del golpe de Estado en Chile, y cumplió tareas de esa banda en varios países para eliminar partidarios de la Unidad Popular. También las relaciones de Townley con el terrorista internacional Guillermo Novo Sampoll han sido sostenidas y documentadas por diversas publicaciones norteamericanas. Una de ellas de fecha 16 de agosto de 1978, desclasificada por el Buró Federal

[1] Cable de la agencia AP que obra en el archivo del autor.

de Investigaciones, reveló que los gestores de Omega 7 fueron los terroristas José Tenreiro Nápoles y Guillermo Novo Sampoll y que la misma fue creada el 11 de septiembre de 1974, inspirada en el golpe fascista.[2]

[2] Véase documento: "Coordinación de Organizaciones Revolucionarias Unidas (CORU) del FBI, de fecha 16 de agosto de 1978.

Los documentos del FBI

Durante la última década del siglo XX y en los primeros años del XXI, se han desclasificado documentos del Buró Federal de Investigaciones sobre el accionar de los grupos terroristas de origen cubano asentados en territorio norteamericano. El análisis de lo revelado confirma el pleno conocimiento de las agencias especializadas en Estados Unidos sobre el origen, desarrollo, actos criminales cometidos e identidad de sus ejecutores.

Las autoridades cubanas han denunciado reiteradamente el carácter criminal de esas bandas, sin embargo, tolerarlas ha sido el estilo de los norteamericanos, de quienes en teoría han estado obligados a combatirlas. La voluntad política de ampararlas ha prevalecido por encima del actuar de la ley. Se anexan algunos documentos que de forma irrefutable muestran cómo se ha seguido con esmero la evolución, planes, intenciones y actos de terror realizados por cubanos residentes en ciudades norteamericanas con total impunidad.

Un ejemplo fiel de lo publicado en los documentos es el historial delictivo de los conjurados en Panamá para asesinar, con explosivos, al Presidente de Cuba en medio de una multitudinaria asamblea en la Universidad de Panamá, en noviembre de 2000: Luis Posada Carriles, Gaspar Jiménez Escobedo, Guillermo Novo Sampoll y Pedro Remón Rodríguez. Como se ha demostrado a lo largo de lo narrado, realizaron varias operaciones, en las décadas anteriores, como secuaces de la policía política de la dictadura chilena.

Uno de los informes, fechado el 29 de abril de 1986, confirma un encuentro entre los exiliados cubanos y Pinochet el 17 de marzo de 1975, quien les ofreció ayuda económica a condición de que se unificaran los diferentes grupos contrarrevolucionarios y prometió mediar a favor de ellos ante los jefes de Estado de Paraguay y Uruguay, ambos países bajo crueles dictaduras.

Otro —17 de diciembre de 1974—, precisa que Chile ofreció entrenamiento paramilitar a los exiliados cubanos al punto de que el gobierno chileno proveía pasaportes al terrorista Orlando Bosch para realizar acciones. Asimismo se señaló en un informe desclasificado que Jorge Mas Canosa, participó personalmente en negociaciones con los militares fascistas chilenos, el 12 de diciembre de 1974. La CORU realizó, en este período, 53 acciones, entre las conocidas se registran asesinatos, desapariciones, secuestros y colocación de bombas.

Luis Posada Carriles es identificado como uno de los autores intelectuales de la explosión del avión civil cubano y quien contrató los servicios de dos de sus sicarios para colocar las bombas en el interior de la nave. El 6 de octubre, una bomba destruyó en pleno vuelo la aeronave frente a las costas de Barbados, entre Caracas y la Isla Trinidad. El otro autor intelectual fue Orlando Bosch, quien mantenía entrevistas por ese tiempo con Manuel Contreras Sepúlveda, que hoy es nuevamente inculpado, esta vez bajo la orden del magistrado chileno Alejandro Solís.

Durante este mismo período, Pedro Remón Rodríguez, el cuarto detenido de Panamá, actuaba de sicario para Omega 7 en una larga cadena de atentados terroristas. El propio FBI le atribuyó los asesinatos del emigrado cubano Eulalio José Negrín y del diplomático cubano Félix García Rodríguez. Omega 7 actuaba a partir de Union City, Nueva Jersey, ciudad base del Movimiento Nacionalista Cubano de los hermanos Novo. La larga trayectoria criminal de Posada, Novo Sampoll, Jiménez y Remón y su colaboración con la policía fascista del dictador Pinochet, en esta diabólica alianza del terror, demuestra una vez más que las autoridades panameñas tuvieron encarcelados a cuatro peligrosos reincidentes cuya liberación pudiera tener aún imprevisibles consecuencias.

Celebrarán la Jornada por la Justicia para la Defensa de los Hermanos Novo

DIARIO LAS AMERICAS DOMINGO 16 DE NOVIEMBRE DE 1980

Por ARIEL REMOS

El próximo sábado 22 de noviembre, de 10 de la mañana a 1:30 de la tarde, el Canal 23 de TV celebrará la "Jornada por la Justicia", a fin de recaudar fondos para la defensa legal de los hermanos Guillermo e Ignacio Novo y Albin Ross, que serán sometidos a nuevo juicio.

Se ha creado una comisión de trabajo integrada por dirigentes de la mayoría de las organizaciones cívicas, patrióticas, profesionales y culturales del exilio, quienes entre otras cosas atenderán los teléfonos en el propio Canal 23 para recibir las llamadas de los contribuyentes a la patriótica jornada.

Al mismo tiempo, estarán abiertos dos centros de recaudación, uno en el parqueo situado en la Calle Flagler entre las avenidas 9 y 10 y otro en el parqueo situado en la calle 22 W y la Avenida 6 en Hialeah.

La recaudación será auditada por el Colegio de Contadores Cubanos y el depositario de la misma será el Southeast Bank de Miami, debiendo ser firmadas las extracciones por el abogado Dr. Miguel San Pedro, Pepín Berenguer, Armando Muiñas, y el señor Calderín, de la Cuban Defense League.

Los cheques deben ser enviados a nombre de Justicia, al P. O. Box 668, Tamiami Station, Miami 33144.

Como recordarán nuestros lectores, Guillermo e Ignacio Novo y Albin Ross, fueron juzgados y condenados por el atentado en que perdió la vida el ex embajador chileno en Washington y agente de la KGB y del gobierno de Castro, Orlando Letelier, al declararse testigo de estado el supuesto autor del mismo, Michael Townley, quien, en cambio, recibió una sentencia benigna. Al ocurrir el atentado, Letelier llevaba consigo una maleta en la cual fueron encontrados documentos comprometedores que lo vinculaban a la KGB soviética y al servicio de inteligencia de Cuba comunista. Sin embargo, el hecho fue apenas divulgado.

Posteriormente, un tribunal encontró excesivamente desproporcionado el fallo que recayó sobre Townley y el que envió a la cárcel a los hermanos Novo y a Ross, disponiendo un nuevo juicio a los mismos.

Para costear los gastos de este nuevo juicio en que existe la posibilidad de que los encartados sean más justamente tratados, es que se va a celebrar la "Jornada por la Justicia" en favor de los hermanos Novo y de Ross.

Los documentos desclasificados revelan, además, la total complicidad e impunidad con que los dejaron actuar. Resulta particularmente sórdido el conocer que esos Servicios Especiales de Estados Unidos tenían conocimiento sobre los autores del crimen en Barbados, durante más de dos décadas mantuvieron silencio sobre este hecho, incluso prefirieron desclasificar el documento, que las autoridades de Cuba y los ciudadanos se enteraran por esa vía. Es la realidad de la política cruel y obcecada de sucesivas administraciones norteamericanas la que produce situaciones como la descrita.

En esta extensa investigación encontramos documentos que establecen firmemente el diseño de la actividad de los terroristas para América Latina concretado el 11 de junio de 1976, cuando se crea la CORU, así cómo los fascistas chilenos utilizaron entusiastamente los servicios mercenarios de los anticubanos.[1]

[1] Véase en los anexos el texto del documento mencionado.

Epílogo

La Operación Cóndor es todavía una página oscura de la historia latinoamericana, que es investigada acuciosamente por gobiernos, decenas de organizaciones de derechos humanos y especialistas que tratan de escudriñar y poner en claro el origen, desarrollo, impacto y saga de ese terrible engendro.

Miles de muertos y aún desaparecidos dejó durante más de una década esta internacional del crimen, donde los terroristas de Miami encontraron un escenario idóneo para ofrecer las habilidades adquiridas en la CIA. Como mercenarios sirvieron en las más sórdidas conspiraciones criminales, sin escrúpulos, ni valorar las consecuencias aceptaron y cumplieron, por encargo, los asesinatos de enemigos del fascismo.

En varios continentes actuaron con respaldo, conocimiento y apoyo de dictaduras que enlutaron a países de América Latina y sobre todo con la tolerancia de agencias norteamericanas puestas al descubierto por sus propios documentos que, sin el menor rubor, exponen cómo se traficó con el luto para fines políticos.

En los hallazgos acumulados se revela, sin la menor duda, que el terrorismo de Estado en el crisol de la Operación Cóndor, creó otras organizaciones como la CORU: la versión de Cóndor contra el pueblo cubano. La Operación CORU fue un anhelo de los terroristas anticubanos que los fascistas del Cono Sur hicieron realidad y utilizaron a su conveniencia y necesidad.

Esta obra denuncia la participación de los delincuentes que integran parte de los grupos terroristas anticubanos, quienes al igual que otros de similar calaña, se cobijan en Miami y en otras ciudades de Estados Unidos, cuyo gobierno de George W. Bush se erigió como supuesto paladín de la lucha contra el terrorismo y en aras de esa cruzada fue capaz de ejercerlo como gendarme universal.

Lo hallado es solo una aproximación a la realidad de esta incursión mercenaria de los anticubanos con los fascistas latinoamericanos, que la historia se encargará de revelar con toda su crudeza.

Se suma a otras indagaciones inspiradas en colocar en su lugar cada pieza de este acertijo perverso, para que nuevos intentos similares se frustren, para que el fascismo no pueda nunca más germinar, para conocer, denunciar y estar alertas ante las amenazas que se ciernen en el mundo actual, cuando los métodos se repiten al amparo de la presunta guerra contra el terrorismo y operaciones como la denunciada Traslado[1] de la CIA, que secuestró a personas en los más variados confines del mundo para llevarlos a centros clandestinos de detención en países de Europa y que rememoró el estilo que imperó en Orletti, el Olimpo y otros centros de la Operación Cóndor.

Secuestrar, torturar, asesinar y desaparecer son prácticas vigentes en el diseño falaz de George W. Bush para "combatir" el terrorismo, mientras los históricos terroristas anticubanos como Posada Carriles, Bosch Ávila y Novo Sampoll fueron llevados de regreso a puerto seguro en Miami por sus eternos protectores, mientras que Antonio Guerrero, Fernando González, Gerardo Hernández, Ramón Labañino y René González, cinco héroes antiterroristas cubanos, se encuentran secuestrados en cárceles de Estados Unidos por el único motivo de combatir realmente el terrorismo y mantener incólume su dignidad.

EL AUTOR

28 de enero de 2006

[1] Método represivo de la CIA, que en el año 2005 durante la administración norteamericana de George W. Bush se empleó para obtener información y eliminar blancos relacionados con la supuesta lucha contra el terrorismo. Causó escándalos por el empleo de aviones de la CIA en el traslado de secuestrados que ilegalmente llegaron a aeropuertos de países europeos como tránsito hacia cárceles clandestinas ubicadas en antiguos países socialistas como Rumania.

Anexo 1

Documentos desclasificados del FBI

Departamento de Justicia de Estados Unidos
Buró Federal de Investigaciones

16 de agosto de 1978

RE: Coordinación de Organizaciones Revolucionarias Unidas (CORU)

Estimado señor:
La información proporcionada incluida aquí se trata de un individuo u organización que se considera estar cubierto por un acuerdo entre el FBI y el Servicio Secreto concernientes a responsabilidades de protección, y que caen dentro de la categoría o categorías chequeadas.

1. ☐ Amenazas o acciones contra personas protegidas por el Servicio Secreto.
2. ☐ Intentos o amenazas de compensar agravios.
3. ☐ Amenazar o hacer declaraciones insultantes acerca de funcionarios de los Estados Unidos o extranjeros.
4. ☐ Participación en disturbios civiles, demostraciones antiestadounidenses o incidentes hostiles contra establecimientos diplomáticos extranjeros.

5. ☐ Explosiones ilegales, confección de bombas u otra actividad terrorista.

6. ☐ Potencialmente peligroso debido a sus antecedentes, inestabilidad emocional o actividad en grupos dedicados a actividades hostiles hacia los Estados Unidos.

Fotografía ☐ Ha sido entregada ☐ Se adjunta ☐ No está disponible

Atentamente,
William H. Webster
Director

Departamento de Justicia de Estados Unidos
Buró Federal de Investigaciones
Miami, Florida

16 de agosto de 1978

Coordinación de Organizaciones Revolucionarias Unidas (CORU)

Temas de Neutralidad - Cuba (Anti-Castro)
La Coordinación de Organizaciones Revolucionarias Unidas (CORU) es una organización de pantalla terrorista antiCastro integrada por cinco grupos anticastristas que se unieron el 11 de junio de 1976 en la República Dominicana bajo la dirección del Dr. Orlando Bosch. Los cinco grupos terroristas anticastristas representados en la reunión del 11 de junio de 1976 era la Acción Cubana, el Movimiento Nacionalista Cubano, el Frente Nacional de Liberación Cubano, la Asociación de Veteranos de la Brigada 2506 de Bahía de Cochinos y el Movimiento 17 de Abril.

Acción Cubana es un grupo encabezado por Orlando Bosch Ávila, un doctor en medicina cubano exiliado, anteriormente juzgado y absuelto en una Corte Federal de Miami, por cargos de extorsión. En

1968 fue condenado en una Corte Federal por poner bombas en barcos y sentenciado a 10 años de prisión y liberado bajo palabra en diciembre de 1972. En junio de 1974, BOSCH admitió haber enviado paquetes de explosivos a las embajadas cubanas en Lima, Perú, Madrid, España, Ottawa, Canadá y a Buenos Aires, Argentina. Actualmente Bosch está en la cárcel en Caracas, Venezuela, preso con relación a una investigación de ese gobierno por la explosión el 6 de octubre de 1976 de un avión de la línea aérea Cubana en el cual 73 personas fueron muertas.

Fuentes cuyas identidades no se revelan aquí, han brindado información confiable en el pasado, excepto donde se haga notar de otra forma.

Este documento no contiene ni recomendaciones ni conclusiones del FBI. Es propiedad del FBI y se le presta a su agencia; éste y su contenido no se deben distribuir fuera de su agencia.

El Movimiento Nacionalista Cubano es una organización de derecha que se adjudicó actos de violencia en los Estados Unidos y Canadá durante mediados de los 1960s.

El Frente de Liberación Nacional Cubano es una organización terrorista cubana del exilio la cual se formó en octubre de 1973, cuando varios líderes de diferentes grupos participaron en un ataque en el mar contra un barco de pesca del gobierno de Cuba. El FLNC ha reclamado el crédito por alrededor de 25 actos de terrorismo.

La Asociación de Veteranos de la Brigada 2506 de la Bahía de Cochinos está compuesta por participantes en la invasión de Cuba por Bahía de Cochinos en 1961. La organización tiene aproximadamente 1,500 miembros y la mayoría de ellos están inactivos.

El 5 de mayo de 1977, MM T-1, quien ha brindado información confiable en el pasado, expresó lo siguiente:

Ha habido muchas conversaciones entre los exiliados cubanos que están asociados a la CORU respecto a misiones, por cubanos exiliados, contra Cuba y/o países que mantienen relaciones comerciales con Cuba. Esos cubanos exiliados han expuesto que en 17 años de intentos de hacer caer del poder a Fidel Castro en Cuba, con diferentes tipos de misiones, todas han fracasado en debilitar a Castro en Cuba. Además, el apoyo financiero para los exiliados cubanos se ha vuelto un problema. Esto ha surgido por una preocupación entre la comunidad exiliada cubana que contribuir con grupos terroristas automáticamente los asociará con el terrorismo a los ojos de las agencias policiales.

Algunos de los activistas del exilio cubano que realmente han llevado a cabo misiones, han detenido las operaciones temporalmente para poder reexaminar sus capacidades, la penetración de los grupos de activistas por las autoridades y sus recursos. Esto es además de la postura de Estados Unidos hacia la normalización de relaciones con la Cuba comunista, lo cual puede darle a los exiliados cubanos una oportunidad de llevar a cabo misiones contra Castro desde dentro de Cuba. Algunos cubanos exiliados piensan que esto puede brindar un método más exitoso de derribar al régimen comunista de Fidel Castro en Cuba.

El 13 de mayo de 1977, MM T-3, quien ha brindado información confiable en el pasado, expresó lo siguiente:

El 11 de mayo de 1977, miembros de la Coordinación de Organizaciones Revolucionarias Unidas (CORU), supuestamente se reunieron en la tienda de artículos deportivos de Orlando "Bebo" Acosta, Casa de los Deportes, Miami Florida. Frank Castro planteó a los presentes que se debían formar nuevas células operativas por la CORU para llevar adelante la lucha anticastrista. Expresó que la CORU haría una declaración de prensa en el futuro próximo haciendo responsables a Cuba y a Estados Unidos por cualquier acción llevada a cabo por la CORU. Dijo que esto era debido a que Estados Unidos estaba provocando a la comunidad del exilio cubano al abrir vías de beneficio económico para Cuba, tales como movidas fuertes congresionales para suavizar las restricciones de comercio y viajes de turismo.

Frank Castro planteó que la Inteligencia estaba actualmente reunida en Mérida, Yucatán, México, el punto intermedio de una propuesta ruta de viajes turísticos entre Estados Unidos y La Habana. Dijo que el vuelo sería de una línea aérea mexicana desde Estados Unidos a Mérida y a La Habana. Expresó que ese avión debe ser saboteado para causar temor a cualquiera que intente viajar a Cuba como turista. Frank Castro insistió que en el presente, la CORU prohibirá cualquier acto o misión dentro de Estados Unidos y Puerto Rico. Fue muy enfático al plantear que todas las operaciones deben ser fuera de las fronteras de Estados Unidos.

El 12 de mayo de 1977, Frank Castro se dice que indicó que el Movimiento Nacionalista Cubano estaba siendo reintegrado a la CORU pero sin Felipe Rivero Díaz. Planteó que la Brigada 2506 sería reintegrada a la CORU el miércoles 28 de mayo de 1977.

El 2 de agosto de 1977, MM T-4 expuso que la CORU recientemente sostuvo una reunión en Miami en la Academia Militar de Pedro V. Roig en la calle séptima a la cual asistieron las siguientes personas:

Gaspar Jiménez, José Colmenares, Antonio Tony Calatayud y otros miembros de la CORU.

El propósito de la reunión era recoger fondos para enviarlos a México para un intento de fuga de la cárcel de Orestes Ruiz.

Hasta ese punto, el dinero se había recogido a través de una campaña encabezada por el Dr. Modesto Mora, Martiano Orta, Joaquín Fontana. Esas personas todas son médicos cubanos exiliados. Se han recogido $1,000 por ellos y enviados a la República Dominicana a Frank Castro para ser utilizados después en el propuesto intento de fuga.

El 23 de agosto de 1977, MM T-3 expuso que el Dr. Aurelio Echezarreta y otros miembros de la CORU recientemente fueron a ver al Presidente de Venezuela para obtener la libertad del Dr. Orlando Bosch de los tribunales civiles para la Corte Militar, lo cual deja "efectivamente" a Bosch sin defensa en que esos procedimientos normales legales no se aplican en lo militar.

El Dr. Bosch quiere que se declare la guerra contra Venezuela y quiere que la CORU convierta todos los intereses venezolanos en sus blancos.

MM T-3 informó que una persona llamada "Pepe", amigo de Gustavo Villoldo, un miembro de mucho nivel de la CORU, visita al Dr. Orlando Bosch regularmente y trae instrucciones de BOSCH a Frank Castro y otros elementos de la CORU en Miami. MM T-3 describió a PEPE como un hombre blanco, de 5' 6", de 42-43 años de edad, ojos castaños, pelo negro corto, complexión de media a fuerte, sin bigotes.

El 22 de agosto de 1977, el MM T-2 informó que Pepe, amigo de Villoldo, descrito arriba, es José "Pepe" Gómez, quien tiene un negocio del tipo de importación – exportación que incluye a Miami, Santo Domingo y Caracas. Gómez está también en el negocio de pesca y procesamiento de pescado desde Santo Domingo a Caracas a Miami. La fuente no sabe la amplitud de este negocio.

MM T-2 informa que José "Pepe" Gómez es un íntimo amigo de Orlando Bosch igual que de otros activistas del exilio cubano en Miami y Caracas. "Pepe" trae cartas y mensajes de Bosch para gente en Miami y "Pepe" visita a Bosch con frecuencia.

El 30 de septiembre de 1977, MM T-5 informó que fuentes de la prensa confiables en Miami recibieron información directa de Venezuela, dando la forma, los medios y las razones de por qué el Dr. Orlando Bosch fue a Caracas el 8 de septiembre de 1976. Lo siguiente es un resumen de esta información:

En agosto de 1976, el Dr. Orlando Bosch pasó a través del aeropuerto de Maiquetía, Caracas, viniendo de Curazao, en ruta hacia Chile. En el aeropuerto fue entrevistado por una comisión del gobierno de Venezuela.

Una vez en Chile, el Dr. Orlando Bosch trabajó con José *Pepe* Figueres Ferrer, ex presidente de Costa Rica, y Figueres le consiguió un pasaporte falso bajo el nombre de Héctor Emilio Davanzo. Utilizando ese pasaporte, el Dr. Bosch fue de Chile a Costa Rica.

Por razones desconocidas, el gobierno de Costa Rica arrestó al Dr. Orlando Bosch, y más tarde ellos acordaron dejarlo libre, con la condición de que abandonara el país. Para ese propósito, se le dio otro pasaporte falso con el nombre de Luis Paniagua.

Desde Costa Rica, viajando bajo el nombre de Luis Paniagua, el Dr. Orlando Bosch fue a Santo Domingo, donde recibió una llamada telefónica de Venezuela durante la cual, un funcionario del gobierno le pidió que fuera a Caracas, donde necesitaban hablar con él urgentemente.

El Dr. Orlando Bosch viajó a Nicaragua, donde recibió otras dos llamadas desde Venezuela, en las que le urgían que fuera a Caracas tan pronto como fuera posible.

El 8 de septiembre de 1976, el Dr. Orlando Bosch llegó al aeropuerto de Maiquetía, Caracas, donde se encontró con Posada, Orlando García y Ricardo Morales Navarrete. Todos son miembros de la Organización de la Policía de Seguridad Presidencial en Venezuela.

Esa misma noche, todos los hombres arriba mencionados cenaron en el restaurante La Hacienda. El Dr. Orlando Bosch estaba parando en el hotel Hilton de Caracas, habitación 12-S. Al mismo tiempo, dos empleados del gobierno de Venezuela estaban alojados en los cuartos 8-N y 5-Q del mismo hotel.

Bajo esas circunstancias, el Dr. Orlando Bosch, a través de esos miembros del gobierno de Venezuela, recibió la siguiente proposición:

- Recibiría la adecuada protección policial en Venezuela.
- Se le daría un arma para su defensa personal.
- Se le permitiría recoger fondos en Venezuela para la causa de Cuba.
- Tratarían de conseguirle una entrevista el 10 de octubre de 1977 con una persona de alto nivel en el gobierno venezolano. (Orlando Bosch más tarde dijo que la entrevista iba a ser con el Presidente Carlos Andrés Pérez.)

A cambio de todo esto, el Dr. Orlando Bosch prometió detener el terrorismo por su grupo en Venezuela, Costa Rica y Colombia, pero no en Panamá. Ellos trataron de incluir a Panamá entre esos países, y le agregaron a la lista de países que se podrían agregar a Guyana.

Después de esto, el avión de Cubana fue saboteado, y unas setenta personas fueron muertas. El Dr. Bosch fue arrestado y acusado del crimen. Actualmente está en la Cárcel Modelo de Caracas.

El 14 de octubre de 1977, MM T-1 notificó lo que sigue:

Uno de los individuos que tomaron barcos para ser usados por el grupo de Armando López Estrada en un ataque contra Cuba, informó que el grupo antes mencionado había planeado una importante operación en Washington, D.C., o en New York. Esta operación fue cancelada debido a la presión de las autoridades y debido al arresto de Pedro Gil. Los miembros de la CORU piensan que López Estrada se ha hecho demasiado visible, atrayendo demasiado el interés de los organismos policiales.

Se le pidió a López Estrada que explicara sus acciones por un comité de la CORU. Sus respuestas no fueron adecuadas y algunos han llegado a la conclusión de que pudiera ser un informante. Ellos saben que alguien dentro del círculo más íntimo de la célula ha informado La CORU ha decidido mantener un perfil bajo. No realizarán ningún ataque terrorista adicional en el próximo futuro.

El 7 de noviembre de 1977, MM T-6 informó que *[línea borrada]* están teniendo problemas muy serios con el Dr. Orlando Bosch en Venezuela. Bosch ha sido muy arbitrario y exigente y continuamente hace declaraciones y emite conclusiones sobre lo que a lo sumo es simple especulación, todo lo cual ha sido de lo más perjudicial, no solamente para la causa de Bosch y las otras tres personas presas, sino también para la comunidad del exilio cubana. Además, existe el problema de que si Bosch es liberado en enero de 1978, ¿dónde podría ir? A los Estados Unidos. No lo quiere, la República Dominicana no lo quiere y Venezuela tiene que deportarlo. *[Palabra borrada]* admitió que esto era un dilema y era más complicado por las declaraciones desproporcionadas de BOSCH.

MM T-6 planteó que los exiliados cubanos tienen condiciones excelentes que son favorables para derribar a Fidel Castro de Cuba. Planteó que entre las excelentes condiciones que ahora son evidentes, están: 1)- El problema de Angola y África que tiene Castro que ha resultado en muertes y capturas de muchos cubanos, han provocado cuestionamientos dentro de la República de Cuba sobre por qué esos cubanos están siendo sacrificados en el exterior; 2)- La economía de Cuba y los precios del azúcar se han deteriorado; 3)- un aparente cambio de postura de los Estados Unidos hacia Cuba, y el hecho de que Fidel Castro ha estado en el poder demasiado tiempo, lo cual hablando históricamente es perjudicial para cualquier dirigente. Observó que llegan nuevas gentes con nuevas ambiciones que hacen uso y juegan sobre una población a la que se le ha prometido un futuro brillante y esas promesas no han sido cumplidas.

El 30 de noviembre de 1977, MM T-3 informó lo que sigue:

Frank Castro, el actual líder de la CORU, está activo de nuevo organizando la CORU. Él espera que el Dr. Orlando Bosch, el jefe de la CORU encarcelado, será liberado de la cárcel en Caracas, Venezuela, en un futuro muy próximo.

MM T-3 informó que Frank Castro ha recibido el apoyo del Dr. Cristóbal González Mayo, líder de una confederación de profesionales exiliados de Miami que se autodenomina "Confederación de Profesionales Cubanos en el Exilio". El Dr. González Mayo estuvo de acuerdo en que su organización apoye a la CORU con dinero e influencias políticas.

MM T-3 informó además que Frank Castro ha conseguido información respecto al movimiento internacional comercial de barcos de Teófilo Babún, propietario de la Antillean Marine Shipping Corporation, Miami. Esta información muestra cuándo los barcos están en puertos, en Estados Unidos y en el extranjero, cuándo deben salir del puerto, cuál es su puerto de origen y al país al cual pertenece.

Frank Castro supuestamente ha planteado que la CORU necesita colocar bombas de tipo magnético en los barcos de los países comunistas en cuatro puertos diferentes, y en fechas simultáneas a sus partidas. Después, tales artefactos deberán tener activadores con 24 horas de demora para que exploten bastante después que el barco víctima abandone el puerto. Esto aumentaría las oportunidades para la destrucción de cualquier evidencia.

MM T-3 planteó que el Dr. Orlando Bosch está programado para ser liberado en enero de 1978. La fuente informó que él presume que Frank Castro querría que las operaciones de explotar buques tengan lugar poco después de la liberación para poder capitalizar en una publicidad anticipada la oportunidad que la liberación de Bosch pudiera causar.

MM T-3 informó el 19 de diciembre de 1977 que el Dr. Carlos F. Dominicis es un dentista, de aproximadamente 43 años de edad, blanco, cubano, 5´6", 180 libras, de cejas negras, pelo negro, ojos pardos, con dirección de negocios en la Avenida Bergenline #4912, Habitación 15, West New York, New Jersey, 07093, número de teléfono 2018654177, que reside posiblemente en la Calle Ferry #73, Newark, New Jersey 07105, con teléfono 2015898222. La fuente informó que Dominicis es ahora el Secretario de la CORU, zona norte, la cual incluye a Washington, D.C., Newark y la ciudad de New York, y otras ciudades al norte de Washington, D.C. Dominicis es el organizador del correo de la CORU en esa zona. Dominicis posee una lancha de 40 pies de fuerza ubicada en West New York cerca de un río, la cual será transportada a Miami, Florida, en el próximo futuro, para ser utilizada como un barco madre para diferentes operaciones por la CORU. La lancha será transportada en rastra desde West New York hasta Miami. Dominicis fue observado conduciendo un Chrysler Cordova de dos puertas del 77, no recuerda otras descripciones. Dominicis viajará desde Newark, New Jersey, a Miami, Florida, aproximadamente el 25 de diciembre de 1977, en automóvil y se encontrará con Frank Castro y otros individuos vinculados a actividades anticastristas en la zona de Miami, Florida.

MM T-3 informó que Harry ("el policía") Farrel, hombre blanco, pelo gris, complexión media, aproximadamente de 45 años de edad, opera la "Farrel Dental Supply" y fue uno de los autores del viejo "Plan Torriente". Farrel ha sido designado Tesorero de la organización CORU en la zona norte.

MM T-3 informó que José Tenreiro, hombre blanco, cubano, periodista, ha sido designado como Jefe de Propaganda de la CORU en la zona norte.

"El chino" Esquivel, hombre blanco, cubano, de 40 años de edad aproximadamente, fue seleccionado por la CORU para formar células militares para diferentes actividades. Esquivel, con la zona norte de la CORU, responderá directamente a Francisco "Frank Castro", de Miami, Florida. Esquivel tendrá dos grupos de células, uno para dedicarse a actividades y operaciones en el continente norteamericano, mientras que el segundo grupo de células operará fuera de los Estados Unidos sobre una base mundial.

El 30 de diciembre de 1977, MM T-2, quien ha aportado información confiable en el pasado, informó lo siguiente:

El 29 de diciembre de 1977, Frank Castro voló a Freeport, Bahamas, en su avión Aerocommander. Con él iban los siguientes: 1)- Porfirio Bonet, copropietario con Frank Castro de la Agencia de Viajes Bonet, Miami; 2)- Rafael Villaverde, director del Centro Comunitario Pequeña Habana, Miami; 3)- Lilia Estévez, novia de Villaverde, fecha de nacimiento 14 de abril de 1953, empleada en el Centro Comunitario Pequeña Habana, Miami; 4)- Martha Masson, fecha de nacimiento 5 de enero de 1949, reside en West Flagler #971, Miami, número en el Servicio de Inmigración y Naturalización (INS en inglés) A 12 539609, informada por MM T-2 como la secretaria de Roberto Carballo, actual presidente de la Brigada 2506, en una nueva empresa comercial en la cual está Carballo, la cual involucra exportaciones e importaciones de productos desconocidos.

MM T-2 informó que Frank Castro dijo en confianza que él no colocó ninguna de las tres bombas (se refería a las explosiones de establecimientos venezolanos en Miami, New York y la colocación de un artefacto en San Juan). Planteó que ahora estaba deteniendo las explosiones. Dijo que ahora iba a Venezuela a negociar la liberación del Dr. Orlando Bosch y Luis Posada Carriles, también conocido como "Bambi". Dijo que los venezolanos querían que él (Frank Castro), se reuniera con el general García en Caracas, Venezuela, alrededor del día 5 de enero de 1978. Frank Castro planteó que no iría, pero probablemente enviaría a Rafael Villaverde. Sin embargo, el intermediario es Ricardo Morales Navarrete y que este y Villaverde tenían una enemistad muy seria y no se hablan entre sí.

MM T-2 informó después que Frank Castro parece muy complacido y cree firmemente que Venezuela reaccionará en una forma positiva para liberar a Bosch y a Carriles. Confió que él considera la liberación de Carriles como más importante que la de BOSCH. Piensa que la capacidad de BOSCH para recoger grandes cantidades de dinero no es ya de primordial importancia pues ya los nuevos fondos han sido logrados.

El 31 de diciembre de 1977, MM T-3 informó que Frank Castro había dicho que Orlando "Bebo" Acosta, Reinol Rodríguez, de Puerto Rico, Raúl Cabrera y otro que Ricardo Morales Navarrete, supuestamente, estaba tratando de obtener materiales explosivos para vengarse contra aquellos que él sospecha de ser responsables por las recientes violentas acciones de diciembre, realizadas contra los intereses venezolanos. Ricardo Morales Navarrete está actualmente en Miami, Florida.

El 10 de enero de 1978, MM T-1 informó que una célula orientada a la acción de jóvenes bajo el control de Francisco "Frank" Castro de la organización CORU, eran los responsables por el incidente con bomba que ocurrió en la aerolínea Viasa, Miami Beach, Florida, el 23 de diciembre de 1977. La célula de jóvenes de la CORU está compuesta por Alvin Ross Díaz y Racial Rodríguez. La fuente informó que Díaz y Rodríguez junto con Castro, se han reunido en el restaurante llamado Córdova, ubicado en el Centro de Compras Portofino en la Avenida 87, S.O. calle ocho, Miami, Florida. La fuente expuso que María Eugenia Vidaña (hermana de Angelina Vidaña), y Mono Morales, están supuestamente conectados con Rodríguez y Díaz.

El 13 de enero de 1978, MM – T-4 informó que Alfredo Menocal estaba actualmente en Union City, New Jersey, junto con Guillermo Novo Sampoll y Félix Egües, e intentaban organizar células de acción para la organización de la CORU. Menocal, Novo y Egües están organizando las células para acción militar en los Estados Unidos y contra Venezuela en vista de su deseo de lograr la libertad de Orlando Bosch.

En relación con la organización de células, Alfredo Menocal, Frank Castro, Orlando Atienza, Rafael Rodríguez, Ramón Rodríguez y Guillermo Novo Sampoll están organizando un viaje al estado de California para organizar esas células.

Vinculado a la actividad de arriba, la CORU formará organizaciones de fachada en diferentes áreas de los Estados Unidos y serán formadas células secretas dentro de las organizaciones de fachada y las células llevarán a cabo acciones militares que la CORU desee. La fuente expuso que se están organizando las siguientes organizaciones de fachada:

- Organizaciones Revolucionarias de Puerto Rico en San Juan, Puerto Rico; Asamblea Coordinadora de la Dignidad en la zona de Miami, Florida; Federación de Organizaciones Cubanas de Illinois (FOCI), ubicada en Chicago, Illinois; Bloque de Organizaciones Revolucionarias Cubanas de New York, New Jersey (Zona Norte).

La fuente reiteró que la persona encargada de organizar células secretas con las organizaciones de fachada mencionadas es Alfredo Menocal.

La fuente expuso que el Dr. Ángel Álvarez, actualmente empleado como fiscal por la ciudad de Miami, Florida, y un amigo íntimo de Rafael Villaverde, está dedicado al financiamiento de actividades para la organización de la CORU.

La fuente dijo que la CORU continuará los intentos de organizar células secretas en la zona de Miami, Florida; Chicago, Illinois, San Juan, Puerto Rico igual que en los estados de New York, New Jersey, California y Texas.

El 25 de enero de 1978 MM T-3 informó que Francisco "Frank" Castro había convocado a una reunión de emergencia a la que asistieron Castro, "Bebo" Acosta y otros en el Restaurante Córdova, Miami, Florida. Frank Castro parecía agitado y ansioso respecto a la detención el 23 de enero de 1978 de Gaspar Jiménez y Gustavo Castillo, con auto judicial para su extradición hacia México. (Castro dijo que Humberto López, padre, y Luis Crespo asistirían a una cena anual a celebrar en el Club Martiano de San Juan, Puerto Rico=. La cena se llevaría a cabo el 28 de enero de 1978, para celebrar la "Cena Martiana".* Castro dijo que no podía permitir que Jiménez y Castillo fueran extraditados a México debido a los temores de que Jiménez y Castillo pudieran ser extraditados de México a Cuba. Castro dijo que el gobierno federal de México había prometido extraoficialmente anteriormente no extraditar a Gaspar Jiménez y a Gustavo Castillo a través de una fuente cubana en Ciudad México, México. Castro informó que al regreso de López, Crespo y otros cubanos de San Juan la próxima semana, él (Castro) daría "luz verde" a todas las organizaciones terroristas e individuos que atacaran propiedades mexicanas y a funcionarios del gobierno incluidas las embajadas mexicanas y las aerolíneas Aero México en todas partes. La fuente informó que en la tarde del 24 de enero de 1978, se formó un comité para ayudar a Jiménez y Castillo. Antonio Muñiz fue designado como cabeza del comité llamado "Comité por los Derechos Humanos". Castro anunció que uno de los propósitos de la violencia es dañar el comercio del turismo mexicano y forzar a México a retirar la extradición de Castillo y Jiménez.

El 18 de abril de 1978, MM T-3 informó que se ha propuesto una reunión para celebrarla en un futuro próximo, posiblemente el fin de semana del 22 de abril hasta el 24, en Sarasota, Florida. A la reunión asistirán los siguientes individuos de la CORU:

- Frank Castro, jefe de la CORU, de Miami.
- Reinol Rodriguez, jefe de la CORU de San Juan, Puerto Rico.
- Secundino Carreras, segundo jefe de la CORU, San Juan, Puerto Rico.
- Orlando "Bebo" Acosta, CORU, Miami, Florida.
- Sixto Arce, CORU, Miami, Florida.
- Antonio "Tony" Muñiz, CORU, Miami, Florida.
- Rafael Pérez Doreste, CORU, Miami, Florida.
- Rogelio López Ávalo, CORU, Miami, Florida.

* En el texto original dice "Seneca Martiana", nota del traductor.

La fuente informó que Rogelio López Ávalo fue situado a cargo de la seguridad y es responsable de la obtención del alojamiento para los individuos mencionados. También está propuesto que los mencionados arriba lleguen a Sarasota, Florida, en momentos diferentes y fechas diferentes antes de la reunión. La fuente expuso que la CORU discutirá los siguientes asuntos en la reunión:

1)- El actual conflicto entre Frank Castro y Luis Crespo (CORU, Miami, Florida) y propuestas para arreglar las presentes diferencias. 2)- Discutirá la pertenencia a la CORU incluyendo las organizaciones activas dentro de la CORU. 3)- Discutirá la futura estrategia militar. 4)- Discutirá planes o posibilidades de una futura conferencia para que asistan con dos delegados de las organizaciones anticastristas a lo largo de los Estados Unidos.

MM T-3 informó que el lunes 17 de abril de 1978, el Dr. Carlos F. Dominicis, líder de la CORU en la zona de New York, había llegado a Miami, Florida, aproximadamente a las 3 a.m. y había entregado $1,100 en efectivo a Orlando "Bebo" Acosta para financiar acciones militares. Dominicis le había enviado por correos a Acosta $1,000 en efectivo, los cuales Acosta recibió el 13 de abril de 1978. La fuente expuso que Dominicis informó que había asistido a una conferencia en Chicago patrocinada por la Federación de Organizaciones Cubanas de Illinois (FOCI). Dominicis dijo que aproximadamente doce días antes, había sido abordado por un coreano y un español que planteaban ser delegados del Reverendo Moon y habían ofrecido ayuda financiera a la FOCI y a su actividad anticastrista. Dominicis expuso que había discutido la ayuda financiera que era ofrecida por el Reverendo Moon con Frank Castro y Orlando Acosta y Castro y Acosta le habían dicho a Dominicis que continuara y recibiera la ayuda financiera ofrecida por los delegados del Reverendo Moon. Dominicis dijo que la CORU está siendo propuesta para ser el brazo militar de la FOCI.

MM T-3 dijo el 23 de mayo de 1978 que Juan Pérez Franco de la Brigada 2506 y Néstor Izquierdo, Brigada 2506, dijo que la Brigada supuestamente será integrada dentro de la CORU en el futuro próximo. Franco será el delegado de la Brigada en la CORU, mientras que Izquierdo será el Jefe Militar. La fuente dijo que la Brigada 2506 ha estado discutiendo la posibilidad de reactivar el "Ejército Secreto" bajo la dirección de Ramiro de la Fe. La Brigada 2506 está discutiendo la posibilidad de reactivar el "M-17" o utilizará el "M-17" como un seudónimo que se acredite las futuras acciones militares. Respecto a los seudónimos, la fuente informó que el seudónimo de "Omega 7" ha sido utilizado por CNM en la zona de New York-New Jersey en el pasado. El término "Omega Siete" fue originado por José Tenreiro y Guillermo Novo Sampoll. El seudónimo "ELAC" (Ejército Latinoamericano Anticomunista), fue originado por Reinol González, el jefe de la CORU en San Juan, Puerto Rico. El seudónimo de "Jóvenes de las Estrellas", ha sido utilizado por Sixto Arce, miembro de la CORU de Miami, Florida. El seudónimo "Pedro Luis Boitel" fue originado posiblemente por Antonio Muñiz, miembro de la CORU de Miami, Florida, mientras que el seudónimo "El Cóndor" fue originado por Frank Castro, jefe de la CORU de Miami, Florida.

MM T-3 informó que Osvaldo Bencomo, jefe militar de la CORU en San Juan, Puerto Rico, supuestamente admitió colocar una bomba hace aproximadamente seis meses en una oficina de turismo venezolana en San Juan, Puerto Rico. Bencomo no aportó detalles adicionales respecto a esta situación salvo que estaba vinculado con una explosión en los alrededores de una oficina venezolana en la zona de la ciudad de New York alrededor de la misma fecha. Supuestamente Bencomo es el hombre a cargo de las acciones militares para la organización de la CORU en Puerto Rico.

Reinol Rodríguez, Jefe de la CORU en San Juan, Puerto Rico, informó que él, además de ser la cabeza de la CORU en Puerto Rico, también lo es del "Bloque de Organizaciones" en Puerto Rico y que el "Bloque" tenía fuertes asociaciones en Chicago, Illinois, New York City, New York. Rodríguez supuestamente dijo que la CORU está discutiendo actualmente las posibilidades de ataques a consulados cubanos fuera de Estados Unidos, utilizando posiblemente pistolas equipadas con silenciadores mejor que bombas.

El 6 de julio de 1978, MM T-2, MM T-3 y MM T-8 dijeron lo siguiente:

En el atardecer del 6 de julio de 1978 y en la Avenida 27 #152 N.O. de Miami, los siguientes miembros de la CORU y/o simpatizantes se están reuniendo:

De New York – Newark:

Carlos Dominicis, Roger Hernández, Fiscal; Eladio Valdés, Orestes Pérez,Tomás Dalmau, Juan Isidrón, Julio Amador, Eduardo Espinosa, José Tenreiro, Pedro Hernández, Israel Romero.

De Miami:

Miguel Isa, Humberto López, padre, José Yeber, Dr. Cristóbal González Mayo, Dr. Manuel Campos, Diego Medina, Armando Fleites.

De San Juan, Puerto Rico:

"Coronel" Ramón Barquín.

El propósito de la reunión es fortalecer los lazos entre los diferentes activistas cubanos en Miami, Nueva York y Puerto Rico en un frente unificado. Esto, de acuerdo a las fuentes, deberá fortalecer la recolección de fondos y las actividades, las cuales pueden ser programadas para hacer avanzar sus metas.

MM T-8 informó que la estructura de poder de los simpatizantes de la CORU en la Zona Norte, también conocida como Bloque Cubano de Organizaciones Revolucionarias, es como sigue:

Dr. Castulo Feraud, Presidente.

Dr. Rafael Alomá Sabas, Secretario.

Eladio Valdés, Secretario de Organización.

Bienvenido Cueto, Tesorero.

Celedonio Puerto, Secretario de Prensa.

Israel Romero, Secretario de Relaciones Públicas.

Dr. Carlos Dominicis.

Las fuentes informaron que Dominicis e ISA han estado recogiendo fondos entre los doctores cubanos y profesionales afines en la zona de Miami. Dominicis, supuestamente, acaba de regresar de Venezuela donde habló con el Dr. Orlando Bosch, quien le dijo que le han informado que sería liberado de la cárcel en diciembre de 1978.

MM T-8 y MM T-2 informaron que el organizador de la reunión del 6 de julio de 1978 es Israel Romero, quien está parando en la habitación 1706 del Hotel Colonial de Miami. Eduardo Espinosa se supone que esté compartiendo el cuarto con Romero. Las fuentes no saben hasta esta fecha si la otra gente de Newark – New York también estén en el Hotel Colonial.

El 13 de julio de 1978, MM T-2 entregó voluntariamente la siguiente información:

El Dr. Carlos Dominicis, un miembro del Movimiento Nacionalista Cubano está actualmente en Miami, Florida. Ha regresado recientemente de Caracas, Venezuela, donde habló con el Dr. Orlando Bosch. De acuerdo a Dominicis, el Dr. Bosch ha ascendido al Dr. Dominicis para que sea el jefe interino de la CORU. El Dr. Bosch supuestamente va a ser liberado de la cárcel hacia diciembre de 1978. MM T-2 observó que la historia concerniente a la liberación del Dr. Bosch ha estado rodando durante algún tiempo. El Dr. Dominicis ha informado que el Dr. Bosch ha sacado a Frank Castro de la dirección de la CORU.

MM T-2 informó que Frank Castro está actualmente fuera de Estados Unidos. Sin embargo, la fuente planteó que habló recientemente con Frank Castro y éste está extremadamente molesto y ha expresado indignación, particularmente porque esto causaría una división en la CORU y porque duda del valor del Dr. Dominicis como un dirigente de la CORU.

El 17 de julio de 1978, MM T-2 informó que el anterior jefe de la CORU, Frank Castro, ha recibido información del Servicio de Inteligencia de la República Dominicana de que el gobierno cubano está tratando de hacer asesinar a Frank Castro en la zona de Miami, Florida.

MM T-2 informó que un pariente de Frank Castro es un antiguo funcionario de alto nivel en la Marina de la República Dominicana y que es posible que a través de ese pariente, Castro pudiera haber averiguado los planes de asesinato.

El 6 de julio de 1978, MM T-8 informó que el Dr. Carlos Dominicis, un dentista de Nueva Jersey, está actualmente en la zona de Miami, Florida, donde está haciendo un esfuerzo por recoger dinero de los médicos cubanos. El dinero será utilizado por la CORU para financiar sus actividades.

La fuente informó además que varios miembros de la CORU se reunieron el 6 de julio de 1978 en Miami. Entre aquellos que asistieron a la reunión estaban los siguientes:

Dr. Carlos Dominicis, Dr. Roger Hernández, Eladio Valdés, Orestes Pérez, Tomás Dalmau, Jesús Isidrón, Eduardo Espinosa, José Tenreiro, Pedro Hernández, Israel Romero.

Varias personas se espera que asistan a otras reuniones en el mismo local en los próximos días. Entre los que se espera que asistan están Miguel Isa, Humberto López, hijo, José Yeber, Dr. Cristóbal González Mayo, aka *[sic del traductor]* Mayito, Dr. Manuel Campos.

La fuente también entregó la siguiente lista de directores de la CORU de la sección norte de los Estados Unidos:

Presidente – Dr. Castulo Feraud

Vicepresidente – Dr. Rafael Alomá Sabas

Secretario – Eladio Valdés

Secretario de Organización – Bienvenido Cueto

Tesorero – Celedonio Puerto

Secretario de Prensa – Israel Romero

Relaciones Públicas – Dr. Carlos Dominicis

MM T-8 informó el 11 de julio de 1978 que el 10 de julio de 1978 tuvo lugar una reunión de la CORU en el 152 N.W. de la avenida 27, Miami, Florida, con las siguientes personas asistentes:

[...]

En esta última reunión, el tópico discutido fue los planes para una reunión de todos los miembros de la CORU de todo los Estados Unidos y también representantes de otras organizaciones anti – Castro, la cual tendrá lugar en algún momento durante el mes de septiembre de 1978 en Miami.

El 11 de julio de 1978, la fuente informó además que el Dr. Orlando Bosch se espera que sea liberado de la prisión en Venezuela en algún momento en diciembre de 1978. Se espera que Bosch permanezca en Venezuela después de su liberación de la prisión.

División de Inteligencia
Nota informativa
Fecha: 1/10/74

Anexo desde Buenos Aires, informes del asesinato del General Carlos Prats González

Carlos Prats González, anterior Comandante General del Ejército chileno y Ministro de Defensa bajo el fallecido Salvador Allende, fue asesinado con su esposa Carmen Sofía cerca de su hogar en Buenos Aires el 30/11/74. Un artefacto explosivo lanzado desde un carro que pasaba, los mató a ambos casi instantáneamente. Se especula que el asesinato fue llevado a cabo probablemente por una organización terrorista de derecha argentina.

Después de la caída del gobierno de Allende en septiembre de 1973, Prats y su esposa vivían tranquilamente en Argentina. Había servido como agregado militar allí desde 1963 hasta 1966.

Los asesinatos están siendo realizados en todas partes de Argentina tanto por la Alianza Anticomunista Argentina (AAA) de derecha y la organización terrorista trostkista de izquierda, el Ejército Revolucionario del Pueblo (ERP).

Un cálculo informal es que cada 12 horas es asesinada una persona.

Lo anterior se ha comunicado a la CIA, Estado, Servicio Secreto y a la División Criminal, Seguridad Interna y secciones de delitos generales del Asistente del Fiscal General.

Medidas: Para su información. Usted será avisado de cualquier desenvolvimiento pertinente.

Nota del autor: Como se aprecia en este documento, las agencias de espionaje de Estados Unidos tendieron un manto desinformador sobre la DINA, al afirmar que la organización terrorista AAA había sido la ejecutora del asesinato del general Carlos Prats González, lo cual el tiempo y los tribunales de Argentina y Chile se encargaron de esclarecer el hecho y demostrar la participación de la DINA en la conspiración y decisión de eliminarlo físicamente.

Documento del 16 de agosto de 1978

A: Director del FBI (105-304390)

De: SAC, Miami (2-471) (P)

Asunto: Coordinación de Organizaciones Revolucionarias Unidas (CORU).

Temas de la Neutralidad-Cuba

(Anti Castro)

(OO: Miami).

Adjunto para el Buró hay seis copias de un LHM con la fecha y título de arriba. Adjunto para propósitos de información para las oficinas receptoras va una copia de cada uno de los LHM de arriba. Copias del LHM están siendo distribuidas localmente al Servicio de Inmigración y Naturalización, al Servicio Secreto de los Estados Unidos y a la CIA, Miami.

[Aquí aparece la lista de los informantes MM T desde el 1 hasta el 8 aparentemente con sus nombres pero que están borrados. Nota del traductor.]

La lista adjunta de LHM está siendo clasificada de "Confidencial" para proteger mejor las fuentes de valor.

MIAMI

EN MIAMI, FLORIDA

Se continuará la investigación de la organización del asunto y se mantendrá informado al Buró.

Anexo 2

Guzzetti informó a Kissinger
El Cóndor habla

En 1976, el canciller Guzzetti informó a Kissinger sobre el Plan Cóndor de exterminio de disidentes de seis países. Así lo revela un documento desclasificado en Washington. También le pidió apoyo para la recuperación de las Malvinas y para el programa económico. Kissinger dio luz verde a la represión y prometió ayuda a Martínez de Hoz pero se manifestó escéptico sobre Malvinas.

Por Horacio Verbitsky[1]

Dos meses y medio después del golpe militar del 24 de marzo de 1976, el vicealmirante César Guzzetti comunicó al todopoderoso ministro de Relaciones Exteriores estadounidense, Henry Kissinger, la iniciación del Plan Cóndor, que describió como la "integración de esfuerzos" de Argentina, Chile, Paraguay, Bolivia, Uruguay y Brasil para combatir "el problema terrorista [que] es común a todo el Cono Sur". Pese a que en los días anteriores habían aparecido en Buenos Aires los cadáveres de los políticos uruguayos Zelmar Michelini y Héctor Gutiérrez Ruiz y del ex presidente de Bolivia Juan José Torres, Kissinger no le formuló preguntas y prefirió hacer chistes sobre

[1] El artículo aparece en la p. 12 de *Argentina*, del 24 de agosto de 2004.

fútbol y terrorismo. Ayer la Corte Suprema de Justicia de Chile concedió el desafuero del ex dictador Augusto Pinochet, quien podrá ser juzgado por los crímenes del Cóndor. Guzzetti era el interventor militar en la Cancillería, que dentro del reparto del poder había correspondido a la Armada. El diálogo también incluyó la voluntad de la dictadura argentina de recuperar las islas Malvinas, para lo que pidió el apoyo estadounidense y lo vinculó con el apoyo que ofrecía para la lucha global contra el comunismo, con referencias a Cuba y Angola. Kissinger fue menos receptivo en este punto. Respecto del método represivo adoptado por la Junta Militar, "si tienen que hacer ciertas cosas, háganlas rápido y vuelvan lo antes posible a la normalidad", dijo. El tercer tema tratado fue la solicitud de Guzzetti de apoyo para el ministro de Economía José Alfredo Martínez de Hoz, a quien Kissinger se comprometió a ayudar. En el momento de la reunión había tres ciudadanas estadounidenses secuestradas, quienes eran sometidas a torturas: Élida Messina, de la Comisión Fullbright, Gwenda Loken López y Mercedes Naveiro Bender. Kissinger ni las mencionó. Tampoco dijo nada del asalto a las oficinas del alto Comisionado de Naciones Unidas para los Refugiados, de las que tropas del gobierno argentino robaron el día anterior a la reunión archivos y documentación que luego sirvieron para secuestrar personas. El documento de la Cancillería estadounidense en el que consta el impresionante diálogo fue desclasificado a solicitud del National Security Archives, la organización no gubernamental más importante especializada en el tema, la misma que en 2002 obtuvo la desclasificación de varios miles de documentos a solicitud de las Abuelas y las Madres de Plaza de Mayo y del Centro de Estudios Legales y Sociales. El encuentro entre Kissinger y Guzzetti tuvo lugar el 10 de junio de 1976 en Santiago de Chile, donde se realizaba la Asamblea General de la OEA. La minuta equivoca la fecha y dice que se realizó el 6 de junio. Pero el encargado del National Security Archives para este proyecto, Carlos Osorio corrigió el error con una consulta a la agenda de Kissinger. Osorio destacó que, según otros documentos desclasificados, en las 72 horas previas a la reunión, los embajadores estadounidenses en la Argentina y Chile comunicaron a la cancillería a cargo de Kissinger los serios indicios sobre participación de fuerzas argentinas de seguridad en el asesinato de los políticos uruguayos y el boliviano (Robert Hill) y que "suponemos que las Fuerzas Armadas y los servicios de Inteligencia de todos estos países colaboran en cierta medida" y "son capaces de realizar asesinatos encubiertos" (David Popper). El encargado de tomar notas durante la reunión fue el actual secretario general adjunto de la OEA, el funcionario estadounidense Luigi Einaudi. Junto con Guzzetti asistieron el embajador en la OEA, Julio César Carasales, y el director de Política Exterior de la Cancillería, Ezequiel Federico Pereyra, un asesor civil que daba línea política a los marinos. Kissinger anunció que visitaría la Argentina durante el campeonato mundial de fútbol y vaticinó que Carter sería el candidato presidencial demócrata. En el mismo clima cordial, Pereyra contó que en 1817 Argentina había reclamado derechos sobre California y Hawai. "Si le decimos a la prensa que empezamos a negociar con Argentina sobre California y Hawai, por lo menos sacaríamos la cuestión de Panamá de los titulares", chanceó Kissinger. Guzzetti sacó el diálogo de la intrascendencia. "Nuestro principal problema en Argentina es el terrorismo y constituye la prioridad del gobierno que asumió el 24 de marzo. Para solucionarlo, el primer aspecto es garantizar la seguridad interna y el segundo resolver los problemas económicos más urgentes en los próximos 6 a 12 meses". Para ello "necesita la comprensión y el apoyo de los Estados Unidos", dijo. Kissinger respondió que deseaba que el nuevo gobierno tuviera éxito y que haría lo que pudiera para ayudarlo. Agregó que entendía que el gobierno necesitaba afirmar su autoridad, en un momento en el que "las actividades políticas, delictivas y terroristas tienden a confundirse, sin una clara separación".

Guzzetti se quejó de "una campaña internacional orquestada contra nosotros" en la prensa extranjera que afecta la "ayuda económica que necesitamos". Comprensivo, Kissinger dijo que para la prensa no había peor crimen que haber reemplazado a un gobierno de izquierda. "Entiendo que ustedes no tienen otra opción que restaurar la autoridad gubernamental, pero también es claro que la falta de procedimientos normales será usada en contra de ustedes". —Queremos restablecer las libertades republicanas. Por ahora tenemos que derrocar el terrorismo y resolver los problemas económicos. Eso lleva tiempo —dijo Guzzetti. —En el frente terrorista no podemos ayudarlos mucho —respondió Kissinger. En cambio, agregó, "podemos hacer algo en el campo económico". Ya sabía que la semana siguiente Martínez de Hoz haría su primera visita a Washington. "Es un buen hombre", terció el viceministro de Kissinger, William Rogers. A pedido de Guzzetti, Kissinger prometió que lo recibiría durante 15 minutos, como un gesto simbólico, y que usaría su influencia sobre el sector privado para ayudarlo. "Voy a llamar a David Rockefeller (del banco Chase) y a su hermano el vicepresidente" (Nelson Rockefeller). Pereyra introdujo la cuestión de los refugiados latinoamericanos en la Argentina. Guzzetti explicó que desde 1973 había ingresado medio millón, muchos procedentes de Chile. Kissinger se sorprendió por el número. Guzzetti dijo que muchos "apoyan en forma clandestina al terrorismo". Según Guzzetti, unos 10.000 de ellos realizaban actividades ilegales.

Se produjo entonces este diálogo: Kissinger: Siempre pueden mandarlos de vuelta. Guzzetti: Por elementales razones humanitarias no podemos devolverlos a Chile. Probamos con terceros países pero ninguno quiere recibirlos. Hay muchos terroristas. Kissinger: ¿Probaron con la OLP? (La Organización para la Liberación de Palestina). Ellos necesitan más terroristas. Luego del chiste, agregó: "En serio, no podemos decirles cómo manejar a esa gente". —El problema terrorista es general a todo el Cono Sur. Para combatirlo estamos alentando esfuerzos conjuntos de integración con nuestros vecinos —dijo Guzzetti. —¿Con cuáles? —preguntó Kissinger. —Con todos: Chile, Paraguay, Bolivia, Uruguay y Brasil. —Entiendo que me habla de actividades económicas conjuntas —quiso saber Kissinger. —Sí. Actividades en los dos frentes, económico y terrorista —precisó Guzzetti. —Ah. Pensaba que se refería sólo a medidas de seguridad. Es imposible tener éxito si se concentran en el terrorismo e ignoran sus causas. Guzzetti se quejó por la incomprensión internacional ante la virulencia terrorista y Kissinger contestó que "los gobiernos militares no siempre son los más efectivos para enfrentar esos problemas". Quienes no entienden la situación "comienzan a oponerse a los militares y la situación se complica". Por eso los chilenos estaban "cada vez más aislados". Lo mismo podía ocurrirle a la junta argentina. *"Si tienen que hacer ciertas cosas, háganlas rápido y vuelvan lo antes posible a la normalidad"*, les aconsejó "hablando como amigo". Luego de haber obtenido esa luz verde para apurar los métodos clandestinos, Pereyra defendió la coordinación represiva regional. "La subversión interna está conectada con otros países". Por eso se necesitaba de esa "unidad regional". Kissinger insistió en que centrarse sólo en el terrorismo empeoraría los problemas para el gobierno y recordó que en Estados Unidos "recibimos fuertes presiones internas para hacer algo por los derechos humanos". Agregó que deseaba el éxito de la dictadura y que no haría nada para molestarla. "Eso significa que me molestarán a mí. Pero descubrí que cuando los ataques personales pasan de cierto nivel, uno se vuelve invulnerable". El grupo pasó a otro ambiente y entonces Guzzetti pidió el apoyo estadounidense al reclamo argentino por las islas Malvinas. "Para nosotros es difícil involucrarnos", respondió Kissinger. *"Pero sospecho que, aun así, con tiempo puede solucionarse. Las Malvinas ya no son necesarias para el propósito original de los ingleses, de proteger las líneas de navegación"*. Guzzetti insistió, sobre la pretensión británica de conceder la autodeterminación a los kelpers, que provocaría una reanudación del conflicto, dijo. Ya entonces la Armada vinculaba el tema de la soberanía sobre las Malvinas con los servicios que ofrecía a Estados Unidos en la lucha global contra el bloque soviético. Guzzetti planteó la cuestión de Angola y la intervención cubana. Por último, Kissinger y Guzzetti hablaron a solas durante 4 minutos, de los cuales no se tomaron notas.

Nota del autor: Artículo aparecido en Buenos Aires, Argentina, que hace referencia a un documento desclasificado donde se explica, entre otras particularidades, los motivos por los que Cuba fue un blanco del Operativo Cóndor.

Anexo 3

Cronología de actos terroristas ejecutados por grupos extremistas anticubanos en 1975 y 1976

1975

11 de enero: Una bomba estalló en un restaurante de Mayagüez, Puerto Rico, durante una reunión de una organización socialista. Hubo dos muertos y cuatro heridos. Una organización terrorista de extremistas cubanos se adjudicó el hecho.

24 de febrero: La organización terrorista Frente de Liberación Nacional Cubano (FLNC) se adjudicó la tentativa de explotar una bomba en las oficinas de la línea aérea Avianca en San Juan, Puerto Rico. La bomba fue desarmada por expertos, tan solo dos minutos antes de que estallara. El FLNC indicó que "el gobierno de Colombia había reanudado sus relaciones con el régimen comunista de Cuba, ignorando la esclavitud y el terror que rige en la isla".

27 de marzo: Una bomba rompió los vidrios de las ventanas de la oficina de turismo de Panamá en Los Ángeles, California. Se atribuyó la acción a terroristas anticubanos.

27 de marzo: Una bomba rompió la puerta del consulado de Costa Rica en Los Ángeles, California. Se atribuyó la acción a terroristas anticubanos.

10 de mayo: Una bomba estalló a las 2:45 a.m. en la embajada de Venezuela en Washington, D.C. La organización El Alacrán se adjudicó esta explosión. Ese día alrededor de 2 000 emigrados cubanos marcharon frente a la Organización de Estados Americanos (OEA) en protesta contra la iniciativa de reanudar relaciones con Cuba.

18 de julio: Estalló una bomba en una caja de controles telefónicos en San José, Costa Rica, solo a 15 horas de que se iniciara la reunión de la OEA, en la cual se consideró el dejar a la iniciativa de los países latinoamericanos el establecer cualquier vínculo con Cuba. Se atribuyó la acción a grupos extremistas anticubanos.

18 de julio: Una potente bomba estalló en San José, Costa Rica, en los alrededores del mercado central. Una organización de terroristas anticubanos se adjudicó la acción en protesta por la reunión de la OEA.

18 de julio: Una bomba estalló en Washington, D.C. a solo un metro del embajador de Costa Rica, Rodolfo Silva, cuando se dirigía a su automóvil a las 5:08 p.m. resultando ileso. La organización terrorista El Alacrán se adjudicó el atentado diciendo que "el alacrán volverá a morder a las personas que reconozcan el régimen de Castro".

26 de julio: Un barco puertorriqueño fue destruido por una explosión en San Juan, Puerto Rico. Extremistas anticubanos se adjudicaron la acción punitiva por el nexo entre la nave y revolucionarios en República Dominicana.

13 de agosto: Un grupo de terroristas anticubanos de la organización terrorista Acción Cubana dirigida por Orlando Bosch Ávila, integrado por Gaspar Jiménez Escobedo y Aldo Vera Serafín, desde un automóvil abrieron fuego de armas automáticas contra el embajador de Cuba, Emilio Aragonés Navarro, en Buenos Aires, Argentina, en el momento en que el carro del diplomático entraba en el parqueo de la embajada. El Embajador salió ileso.

6 de octubre: Una poderosa bomba estalló en la puerta del consulado de la República Dominicana en Miami a la 10:25 p.m. La fuerza de la explosión dañó severamente el primer piso del edificio y rompió los cristales de los autos estacionados en los alrededores. También destrozó las ventanas de un motel situado al lado y las ventanas de los estudios del Canal 6 de televisión. La organización de terroristas anticubanos Jóvenes de la Estrella se adjudicó la acción en protesta por la detención del terrorista anticubano Humberto López en República Dominicana por agentes del Buró Federal de Investigaciones (FBI) quienes lo trajeron a Miami para ser juzgado por sus actos de terror en territorio norteamericano.

17 de octubre: Una bomba hizo explosión a las 5:57 a.m. en una taquilla de equipajes de la línea aérea Dominicana de Aviación en el aeropuerto internacional de Miami, que causó daños evaluados en 3 500 dólares. Los investigadores concluyeron que se trataba de otra bomba contra intereses de la República Dominicana por el arresto en ese país del terrorista Humberto López.

20 de octubre: La policía de Miami desarmó una bomba de seis libras de dinamita frente a las oficinas de la compañía Dominicana de Aviación. En un comunicado de guerra los terroristas de los Jóvenes de la Estrella se adjudicaron el atentado "en represalia por la actitud traidora del gobierno dominicano".

28 de noviembre: Una bomba destrozó el automóvil del embajador de Cuba en México, Fernando López Muiño. El Comando Clandestino Cubano (Triple C) se adjudicó el atentado.

29 de noviembre: Una carga explosiva detonó en las oficinas comerciales de la embajada soviética en México. La acción fue llevada a efecto a la 1:09 a.m., causando graves daños al edificio, así como destruyendo un automóvil de la embajada. El grupo terrorista Comando Clandestino Cubano (Triple C) se adjudicó la acción.

8 de diciembre: Una bomba estalló en el consulado mexicano en Buenos Aires, Argentina, destruyendo todas las ventanas del inmue-

ble y de restaurantes y tiendas del sector. Un hombre con acento cubano se adjudicó el atentado diciendo que era "un repudio al traidor Luis Echeverría Álvarez quien se abrazó con Fidel Castro". El entonces Presidente de México había sostenido entrevistas con el Presidente de Cuba. El 17 de agosto de 1975 el presidente Echeverría Álvarez realizó una visita oficial a Cuba.

1976

19 de enero: Desconocidos provocan un incendio intencional en un almacén de la flota pesquera de Cuba en el Puerto de Chimbote, Perú. Se producen daños por un valor de 50 000 US dólares.

10 de febrero: Las organizaciones terroristas Brigada 2506 y el Frente de Liberación Nacional de Cuba (FLNC) se adjudican el ataque contra un barco soviético en las Bahamas. Los daños resultan considerables.

12 de febrero: La organización terrorista Acción Cubana dirigida por Orlando Bosch, coloca una bomba en la embajada de Cuba en Bogotá, Colombia. Los daños son considerables.

28 de febrero: El FLNC coloca una bomba en la embajada soviética, en Bogotá, Colombia. Los daños son leves.

28 de febrero: El FLNC coloca una bomba en la embajada soviética en San José, Costa Rica. Los daños son leves.

28 de febrero: El FLNC coloca una bomba en la embajada soviética en Lima, Perú. Los daños son medios.

21 de abril: Un comando terrorista del FLNC ataca con disparos la residencia del Cónsul de Cuba en Lima, Perú. Ocasiona daños leves.

22 de abril: Un comando terrorista del FLNC ataca con disparos al auto del cajero de la embajada de Cuba en Lima, Perú. Los daños se evalúan de leves.

1ro de julio: Un comando terrorista de la CORU, se adjudica la colocación de una bomba que estalló en el Centro Cultural Costa Rica-Cuba en San José, Costa Rica. Los daños fueron medios.

9 de julio: Un comando de la CORU, intenta volar en pleno vuelo un avión civil de Cubana de Aviación en el aeropuerto de Kingston, Jamaica. Por retraso en la salida debido a espera de conexiones de otros vuelos, la bomba colocada en una maleta, estalla en el portaequipajes, cuando debía ser colocada a bordo. Los daños son medios.

10 de julio: Un comando de la CORU coloca una bomba que estalla en las oficinas de Cubana de Aviación en Barbados. Los daños son medios.

10 de julio: Un comando de la CORU coloca una bomba que estalla en las oficinas de la línea aérea British West Indies de Barbados. Los daños son medios.

11 de julio: Un comando de la CORU coloca una bomba que estalla en la oficina de la línea aérea Air Panama en Bogotá, Colombia. Los daños son medios.

17 de julio: Un comando de la CORU tirotea la embajada de Cuba en Bogotá, Colombia. Los daños son medios.

23 de julio: Un comando de la CORU, integrado por Gaspar Jiménez Escobedo, Orestes Ruiz Hernández y Pablo Gustavo Castillo Díaz alias *El Cojo,* como ejecutores, intentan secuestrar el cónsul de Cuba en Mérida, Daniel Ferrer Fernández. En la acción resulta asesinado el técnico cubano del Instituto de la Pesca de Cuba, Artaignán Díaz Díaz. Dos terroristas son capturados: Ruiz Hernández y Jiménez Escobedo.

9 de agosto: Son secuestrados y desaparecidos en Buenos Aires, Argentina dos jóvenes diplomáticos cubanos: Crescencio Galañena Hernández y Jesús Cejas Arias. La CORU se adjudica el hecho con la colaboración de miembros de bandas extremistas argentinas.

1ro de septiembre: Un comando de la CORU coloca una bomba en la embajada de México en Ciudad Guatemala, Guatemala. Los daños son medios.

1ro de septiembre: Un comando de la CORU coloca una bomba que estalla en la embajada de Guyana, en Trinidad & Tobago. Los daños fueron medios.

18 de septiembre: Un comando de la CORU coloca una bomba que estalla en las oficinas de la línea aérea Cubana de Aviación en la Ciudad de Panamá. Ocasiona daños medios.

18 de septiembre: Un comando de la CORU coloca una bomba, que estalla en las oficinas de la línea aérea Cubana de Aviación en el aeropuerto internacional de Tocumen, en Ciudad Panamá.

20 de septiembre: Son detenidos terroristas de la CORU, cuando se disponían a colocar bombas en autos de la embajada de Cuba en Bogotá, Colombia.

4 de octubre: Terroristas de la CORU colocan una bomba que estalla en un canal de televisión en San Juan de Puerto Rico que exhibía la película cubana *La Nueva Escuela.* Los daños fueron considerables.

6 de octubre: Mercenarios venezolanos contratados por la CORU de Orlando Bosch, colocan bombas que estallan en pleno vuelo del avión de Cubana de Aviación CU-1201, cuando estaba cerca de las costas de Barbados de donde había partido minutos antes. Perecen 73 personas: 11 guyaneses, 5 coreanos y 57 cubanos.

7 de octubre: Un comando de la CORU tirotea la embajada de Cuba en Caracas, Venezuela. Ocasiona daños medios.

29 de octubre: La Guardia Nacional de Panamá desarticula un nuevo plan de la CORU para secuestrar al Embajador de España en ese país y atacar la embajada de Cuba allí.

12 de noviembre: Un comando de la CORU coloca una bomba que estalla en la embajada de Cuba en Bogotá, Colombia. Los daños fueron leves.

14 de noviembre: Un comando de la CORU coloca una bomba que estalla en la embajada de Cuba en Bogotá, Colombia. Los daños fueron leves.

24 de noviembre: Un comando de la CORU secuestra al empleado argentino de la Oficina Comercial de Cuba en Buenos Aires, Argentina.

Anexo 4

Restablecimiento de relaciones diplomáticas de países de América Latina con Cuba durante la década de 1970 a 1980

12 de noviembre de 1970 restablecen Cuba y Chile relaciones diplomáticas.

8 de julio de 1972 restablecen Cuba y Perú relaciones diplomáticas.

8 de diciembre de 1972 establecen relaciones diplomáticas con Cuba los países caribeños: Barbados, Guyana, Jamaica y Trinidad & Tobago.

28 de mayo de 1973 restablecen Cuba y Argentina relaciones diplomáticas.

22 de agosto de 1974 restablecen Cuba y Panamá relaciones diplomáticas.

29 de diciembre de 1974 restablecen Cuba y Venezuela relaciones diplomáticas.

6 de marzo de 1975 restablecen Cuba y Colombia relaciones diplomáticas.

21 de febrero de 1976 restablecen relaciones consulares y económicas Cuba y Costa Rica.

16 de julio de 1979 restablecen Cuba y Ecuador relaciones consulares y económicas.

27 de julio de 1979 restablecen Cuba y Nicaragua relaciones diplomáticas.

Anexo 5

Documento de la Fiscalía General de Estados Unidos sobre Orlando Bosch Ávila

Departamento de Justicia de Estados Unidos
Oficina del Fiscal General Asociado

Archivo: A28 851 622	
en el asunto de:	En procedimiento de exclusión bajo la sección
Orlando Bosch Ávila	235 (C) ante el Fiscal General asociado
Solicitante	Actuante.

Decisión del Fiscal General asociado actuante

Introducción

Consecuente con mis responsabilidades como Fiscal General asociado actuante, he realizado una revisión de la decisión del Servicio de Inmigración y Naturalización (SIN) del 19 de mayo de 1989 concerniente a las solicitudes de Orlando Bosch Ávila de admisión en Estados Unidos y de asilo. Esta revisión ha incluido consideraciones de las decisiones del Comisionado Regional del SIN y la entrega de Bosch al Comisionado Regional argumentando contra la exclusión y solicitando una audiencia sobre su solicitud de asilo, y cierta información confidencial y no confidencial respecto a Bosch.

Durante 30 años Bosch ha sido decidido e inquebrantable en su defensa de la violencia terrorista. Él ha amenazado y realizado actos terroristas violentos contra numerosos "blancos", incluyendo naciones amistosas hacia Estados Unidos y sus más altos funcionarios. Él ha expresado repetidamente y demostrado una disposición para provocar lesiones y muertes de manera indiscriminada. Sus acciones han sido las de un terrorista, sin restricciones legales o de la decencia humana, amenazando e infligiendo la violencia sin importar la identidad de sus víctimas.

Estados Unidos no puede tolerar la inhumanidad inherente del terrorismo como una vía para resolver disputas. El apaciguamiento de aquellos que usarían la violencia solamente procreará más terroristas. Debemos ver el terrorismo como un mal universal, incluso si está dirigido hacia aquellos con quienes no tenemos simpatías políticas. Como lo ha planteado elocuentemente una corte de distrito de Estados Unidos con respecto a este mismo caso, "los males del terrorismo no son menos debido a los participantes y la causa". Orlando Bosch Ávila v. Perry Rivkind, 88-973-CIV-Hoeveler (s-d. Fla, 1 junio 1988) (orden sobre una petición de mandato judicial de *habeas corpus).* Vea también asunto de Rivero Díaz, 12 I & N dic. 475 (BIA, 1967).

Como resultado de esta revisión, es ineludible la conclusión que sería perjudicial para el interés público de Estados Unidos, brindarle un refugio seguro a Bosch. He concluido además, que es un extranjero excluible de Estados Unidos bajo las 8 u. S. C. 1182 (a) (27), (28) (III), (28) (IV) y (29), y que sus solicitudes de asilo y la eliminación de la deportación debiera ser y por este medio son negadas. Además, de acuerdo a la 8 U.S. C. 1225 (c) y después de consultas con las agencias de seguridad apropiadas de Estados Unidos, concluyó que la publicación de la información confidencial sobre la cual está basada esta decisión, sería perjudicial para el interés público, la seguridad o la protección.

Antecedentes

Orlando Bosch Ávila, 62 años es un nativo, ciudadano y nacional de Cuba. El 28 de julio de 1960, fue admitido en Estados Unidos como un visitante por placer no inmigrante, con autorización para permanecer hasta el 28 de agosto de 1960. Bosch, sin embargo, permaneció en Estados Unidos sin permiso hasta alrededor del 12 de abril de 1974. Nunca se le otorgó estado de residente permanente legal.

Desde alrededor de 1960 hasta 1968, Bosch fue el líder del Movimiento Insurreccional de Recuperación Revolucionaria (MIRR), una organización terrorista anticastrista. El 16 de septiembre de 1968 o en sus alrededores, Bosch estuvo complicado en disparar un tiro de un rifle sin retroceso de 57 *mm.* al barco polaco *Polanica,* que entonces estaba anclado en el puerto de Miami. El proyectil dio en un lado del *Polanica* provocando daños, pero no pérdidas de vida. El 15 de noviembre de 1968, Bosch fue condenado en la corte de distrito de Estados Unidos del distrito sur de la Florida por varios delitos que surgieron del ataque al barco polaco. En aquellos momentos también fue condenado por una acusación de que había utilizado el telégrafo para enviar amenazas: 1)- al Presidente de México de dañar y destruir barcos y aviones mexicanos; 2)- al general Francisco Franco de España de dañar y destruir barcos y aviones españoles; y 3)- al primer ministro Harold Wilson de Gran Bretaña, de dañar y destruir barcos británicos. Bosch fue sentenciado a diez años de prisión, liberado bajo palabra en 1972, y abandonó Estados Unidos en 1974, y por tanto violando los términos de su libertad condicional.

Subsecuentemente, Bosch, mientras estuvo fuera de Estados Unidos, fundó y dirigió la Coordinación de Organizaciones Revolucionarias Unidas (CORU), una organización anticastrista terrorista la cual hubo de aceptar su responsabilidad en numerosas explosiones en Miami, Nueva York, Venezuela, Panamá, México, Argentina y otros sitios.

En octubre de 1976, Bosch fue detenido en Venezuela con relación a la explosión de un avión de la línea aérea civil Cubana el 6 de octubre de 1976, que resultó en la muerte de 73 hombres, mujeres y niños. Aunque detenido en Venezuela durante once años por cargos resultado de ese incidente, fue finalmente liberado. En su juicio, se presentaron pruebas de que los dos hombres condenados por homicidio en relación con la explosión, estaban en contacto con Bosch antes y después del hecho.

A pesar de estar relacionado con una cantidad de ciudadanos de Estados Unidos o extranjeros residentes permanentes quienes han procurado ayudarlo a obtener un estatus de inmigración legal en este país, las solicitudes de Bosch de visas como inmigrante y de no inmigrante, han sido negadas en 1987 por el Departamento de Estado debido a su historial criminal y su implicación en el terrorismo. Bosch, no obstante, vino a Estados Unidos desde Venezuela el 18 de febrero de 1988, sin documentos de entrada válidos. A su llegada, Bosch fue detenido por un relevante acto judicial por su violación de la libertad condicional en 1974, cumplió tres meses adicionales por esa violación.

A raíz de su liberación el 17 de mayo de 1988, Bosch fue detenido por el SIN. En aquel momento, el Director del distrito del SIN en Miami le entregó a Bosch un aviso de exclusión temporal, alegando que era excluible de Estados Unidos debido a:

- existen razones para creer que buscaría entrar en Estados Unidos sola, principal, o incidentalmente para mezclarse en actividades perjudiciales para el interés público. (8 U.S.C. 1182 (a) (27).)
- que es o ha sido un extranjero que aboga o enseña o ha sido un miembro de una organización que aboga o enseña la obligación, la necesidad o la conveniencia de atacar o matar a funcionarios de cualquier gobierno organizado. (8 U.S.C. 1182 (a) (28) (f) (II).)
- que es o ha sido un extranjero que aboga o enseña o ha sido miembro de una organización que aboga o enseña el daño ilegal, la lesión o la destrucción de la propiedad. (8 U.S.C. 1182(a) (28)(f)(IV).)
- que es o ha sido un extranjero que aboga o enseña o ha sido miembro de una organización que aboga o enseña los sabotajes. (8 U.S.C. 1182 (a) (28) (f) (IV).)
- que existen bases razonables para creer que probablemente él, después de entrar, se mezclaría en actividades que serían prohibidas por las leyes de Estados Unidos relacionadas al espionaje, el sabotaje, el desorden público, o en otras actividades subversivas para el interés nacional. (8 U.S.C. 1182 (a) (29).)

Además, el aviso planteaba que Bosch también es excluible sobre la base de que ha sido condenado por un delito de bajeza moral (más que un simple delito político) 8 U.S.C. 1182 (a) (9) y que no posee documentos de entrada válidos. 8 U.S.C. 1182(a)(20).

Debido a que Bosch aparecía haber sido excluido bajo los párrafos (27), (28) o (29) de la sección 1182 (a), el Director de distrito del SIN de Miami, en correspondencia con el 8 U.S.C. 1225 (c) y el 8 cfr 235.8, refirió el asunto al Comisionado Regional del SIN para su revisión. Bajo la sección 1225 (c) y su regulación de aplicación, el Comisionado Regional puede ordenar que un extranjero sea excluido y deportado, sin una audiencia ante un juez de inmigración, si él está satisfecho de que el extranjero es excluible bajo los párrafos (27), (28) o (29) del 8 U.S.C. 1182 (a) "sobre la base de información de una naturaleza confidencial, la divulgación de la cual el designado por el Fiscal General, en el ejercicio de su discreción, y después de consultar con las agencias de seguridad apropiadas del Gobierno, concluye que sería perjudicial para el interés público, la protección o la seguridad".

El 19 de mayo de 1989, el Comisionado Regional concluyó, en lo que describió como un "requerimiento cerrado", que los antecedentes no establecían que Bosch era inadmisible bajo la 8 U.S.C. 1182 (a) (27) o (29). Más tarde concluyó que tanto la evidencia confidencial y la no confidencial indicaba que Bosch podría ser excluible bajo la 8 U.S.C. 1182 (a) (28) (f), había adecuada evidencia no confidencial disponible para obviar la necesidad de excluir a Bosch sin una audiencia. La decisión del Comisionado Regional fue confirmada por el Comisionado el mismo día en una orden de un párrafo.

Evidencia de excluibilidad

Los archivos del FBI y otras agencias del gobierno contienen una gran cantidad de información documental la cual refleja que, comenzando a principios de 1960, Bosch mantuvo posiciones de dirección en varias organizaciones terroristas anticastristas. La información contenida en esos archivos clara e inequívocamente reflejan que Bosch ha abogado personalmente, estimulado, organizado y participado en actos de violencia terrorista en este país igual que en varios otros. En tanto que alguna de esta información es de una naturaleza no confidencial, una cantidad mayor, tanto clasificada como desclasificada, es de una naturaleza confidencial debido a la necesidad de proteger fuentes y métodos de Inteligencia. La información presentada para mi revisión incluyó todos los materiales de prueba puestos a disposición del SIN, el material entregado por Bosch al Comisionado Regional, e información clasificada adicional aportada por el FBI.

Lo que sigue es un breve inventario descriptivo de algunos de los más significativos temas de evidencias no confidenciales y confidenciales que forman la base de mi decisión. La descripción de esto último necesariamente ha sido abreviado y depurado para proteger su naturaleza confidencial.

No confidencial

* El registro de la condena de 1968 en la corte de distrito de Estados Unidos en el Distrito Sur de la Florida por cargos provocados por el asalto al barco polaco *Polanica,* y las amenazas enviadas por Bosch a líderes de otros países de que dañaría barcos y aviones.

Una entrevista del FBI con Bosch el 22 de agosto de 1963, respecto a un ataque con explosivos del MIRR el 15 de agosto a un central azucarero Cubano.

Documentos que reflejan que en junio de 1974, Bosch admitió públicamente haber enviado paquetes con bombas a las embajadas cubanas en Lima, Madrid, Ottawa y Buenos Aires. Aparentemente, la bomba enviada a Lima lesionó a un empleado de la embajada, y la enviada a Madrid explotó e hirió a un empleado postal español.

* Una carta titulada "terrorismo cubano" por Orlando Bosch, escrita en prisión en Caracas en enero de 1977.

* Una entrevista por radio de Bosch durante su encarcelamiento en Venezuela, en la cual abogaba por acciones violentas contra el gobierno venezolano. Cartas de Bosch a la CORU solicitando que fueran bombardeadas las propiedades venezolanas si él no era presentado a juicio.

* Una entrevista grabada de Bosch por el autor de un artículo titulado "Voy a declarar la guerra" que apareció en el magazine de noticias *New Times* el 13/5/77. Aparentemente, Bosch expresó que la CORU era responsable de más de veinte explosiones, pero rehusó atribuirse personalmente acciones terroristas dentro de Estados Unidos, debido a "la candela del FBI".

* Documentos clasificados relativos a operaciones de exiliados cubanos contra Cuba en 1963.

* Una declaración de Bosch durante su prisión en Venezuela, a investigadores de la Cámara de Representantes de Estados Unidos que investigaban el asesinato del presidente John F. Kennedy. De acuerdo con el Comité sobre Asesinatos de la Cámara, Bosch negó estar mezclado en la explosión del avión civil cubano en 1976, pero dijo que lo aprobaba. Declarando que el terrorismo es mal necesario en la lucha contra Castro, Bosch sostuvo que "usted tiene que enfrentar la violencia con la violencia. Hay ocasiones que usted no puede evitar dañar a personas inocentes".[1] Investigación sobre el asesinato del presidente John F. Kennedy: Apéndice a las audiencias ante el comité selecto de la Cámara sobre los asesinatos. 95 Congreso, 2da. sesión, 89 (1979) (entregado por Gaeton J. Fonzi, investigador, y Patricia M. Orr, investigadora científica.)

* El registro del juicio a Bosch en Venezuela por cargos de hacer explotar un avión en vuelo de una línea aérea civil cubana.

Confidencial

Información relativa al involucramiento de Bosch, entre 1961 y 1968, en más de 30 actos de sabotajes y violencia en Estados Unidos, Puerto Rico, Panamá y Cuba. Esos actos incluyeron la explosión, el 4 de mayo de 1968, del barco británico *Granwood*, la explosión, el 30 de mayo de 1968, del barco japonés *Asaka Maru* y el primero de junio de 1968, del barco japonés *Mikagesan Maru*.

Información referente al involucramiento de Bosch en el intento de asesinato del Embajador cubano en Buenos Aires, Argentina, en agosto de 1975.

Información relativa al involucramiento de Bosch en la explosión el 1 de septiembre de 1976 de la embajada de México en Ciudad Guatemala, Guatemala.

Información relativa a los planes de la CORU en 1977 de asesinar a un diplomático cubano de alto rango.

Información relativa a la organización y estructura de mando de la CORU, y que refleja que entre junio de 1976 y marzo de 1977, personas asociadas a la CORU se mezclaron en unos dieciséis episodios de explosiones, intentos de secuestros, asesinatos e intentos de asesinatos. Esos episodios ocurrieron en Estados Unidos, España, el Caribe, y en América Central y del Sur.

Información que reflejaba que entre 1974 y 1976, en Venezuela, Bosch estaba en posesión de bombas, materiales explosivos y un arma automática.

Información que reflejaba que la explosión del avión cubano el 6 de octubre de 1976 fue una operación de la CORU bajo la dirección de Bosch.

Información reflejando que Bosch, mientras estaba encarcelado en Venezuela, ordenó que pusieran bombas en instalaciones venezolanas.

Información que refleja que entre 1979 y 1984, mientras estaba preso en Venezuela, Bosch estaba en contacto con personas asociadas con la CORU y otros grupos anticastristas, y que durante ese período abogó por actos de violencia y sabotajes.

Exposición de Bosch

En su respuesta a la orden de exclusión temporal, Bosch ha asegurado que no intenta dedicarse a ninguna actividad perjudicial a Estados Unidos, que siempre se ha opuesto a poner bombas dentro de Estados Unidos, que él actualmente no favorece la realización de actos violentos en Estados Unidos, y que no ha venido aquí para mezclarse en espionaje o cualquier otra actividad subversiva. Asevera que ahora es simplemente un hombre viejo que ha aprendido lecciones a través de los años, y desea estar con su familia y escapar de la amenaza de asesinato por los agentes de Fidel Castro. Anticipa planteamientos adicionales respecto a su pasada pertenencia a organizaciones tales como el MIRR y la CORU, respecto a la excepción limitada a la exclusión basada en dicha pasada pertenencia, y respecto al asilo.

Tal vez lo más notable en su declaración es su repetida desautorización de cualquier intento de cometer violencia o acciones terroristas <u>en Estados Unidos</u>, mientras que al mismo tiempo declina a desautorizar dichas actividades en otros lugares. Simplemente mirando sus propias aseveraciones aquí, es evidente que Bosch no ha cedido en su personal y violenta batalla. Él meramente dice que no se empeñará más en su "guerra" en nuestro suelo.

Conclusiones respecto a la exclusión

Nuestras leyes de exclusión específicamente colocan la carga de mostrar la admisibilidad en el extranjero. 8 U.S.C. 1361. Estados Unidos no tiene que experimentar el daño al público o a la seguridad nacional que pueda ser causado por extranjeros tales como Bosch antes de que se les niegue nuestra hospitalidad.

Basado en toda la información puesta a mi disposición, tanto confidencial como no confidencial, está claro que por más de 30 años, Bosch ha sido resuelto e infatigable en su promoción de la violencia terrorista. Ha formado y ha dirigido organizaciones cuyo propósito incluye precisamente las acciones declaradas como bases para la exclusión en 8 U.S.C. 1182 (a) (28). Durante años, ha abogado personalmente y ha estado mezclado en ataques terroristas en el exterior y ha abogado y ha estado mezclado en explosiones y sabotajes. No existe información sustancial que indique que Bosch haya renunciado al terrorismo al servicio de la causa a la cual ha dedicado su vida.

A pesar de sus actuales aseveraciones de oposición a la violencia en Estados Unidos, su historia personal indica que realizará acciones violentas contra cualquier objetivo si él cree que esto hará avanzar su causa. En este momento, él puede o no creer realmente que abstenerse de actos violentos dentro de Estados Unidos hará avanzar su causa. Pero su conducta y creencias son consistentes y las pruebas me conducen de manera ineludible a la conclusión de que Bosch instigaría, planearía y participaría en acciones terroristas en Estados Unidos si y cuando esto sirviera a sus propósitos. Por tanto, concluyó que él es una amenaza para la seguridad nacional.

De lo antes dicho, es evidente de que no concuerdo con la sugerencia en la opinión del Comisionado Regional, de que la excepción en la 8 U.S.C. 1182 (a) (28) (I) es aplicable en este caso. Incluso suponiendo que la excepción estuviera disponible donde, como aquí, la exclusión está basada en la promoción y enseñanza de violencia ilegal, en oposición a la simple pertenencia a una organización que aboga o enseña de esa forma, yo no creo que las pruebas apoyen la aseveración de Bosch que él está y ha estado "activamente opuesto" durante los últimos cinco años a la doctrina y principios de las organizaciones terroristas de las cuales ha sido miembro.

Más aún, estoy absolutamente incapaz de concluir que su admisión sería "en el interés público", como se demanda en la excepción.

Más aún, estoy convencido de que el Comisionado Regional sustancialmente le restó importancia al peso de la evidencia cuando describió las cuestiones bajo la 8 U.S.C. (a) (27) y (29) como un "requerimiento cerrado". La decisión del Comisionado Regional no puede ser ajustada con el indiscutible y abrumador peso de los antecedentes de Bosch en el caso de Bosch.

La evidencia me lleva a concluir que Bosch busca entrar en Estados Unidos para dedicarse a actividades que podrían ser perjudiciales al interés público y subversivas para la seguridad nacional, como está previsto en las secciones (a) (27) y (29). Esto es así incluso si estuviera persuadido de que Bosch nunca cometería un acto terrorista o violento en este país. Como lo dejó claro en su más reciente testimonio y sus declaraciones respondiendo a los cargos de exclusión, no desautoriza los actos terroristas cometidos fuera de Estados Unidos. Incluso si su repudio fuera más universal y creíble, Bosch todavía estaría sujeto a la proscripción de esas secciones de la ley. Indudablemente, su mera presencia en este país, dada su bien publicitada historia de actos terroristas, sería perjudicial al interés público y subversivo para la seguridad nacional.

Más específicamente, yo concluyo, basado en parte en información de naturaleza confidencial, que:

1. Bosch es un extranjero excluible debido a que hay razones para creer que él busca entrar en Estados Unidos casualmente para mezclarse en actividades las cuales serían perjudiciales para el interés público, o poner en peligro el bienestar, la seguridad y la protección de Estados Unidos, 8 U.S.C. 1182 (a)(27).

2. Bosch es un extranjero excluible tanto porque ha abogado personalmente y enseñado la obligación, la necesidad, o la conveniencia del asalto y asesinato de cualquier funcionario o funcionarios (lo mismo individuos específicos o de funcionarios en general) del go-

bierno cubano debido a sus caracteres oficiales, y debido a su pertenencia al MIRR o a la CORU. 8 U.S.C. (a)(28) (f)(II).

3. Bosch es un extranjero excluible porque ha abogado personalmente y enseñado el daño ilegal, las lesiones o la destrucción de propiedades, y por su pertenencia al MIRR y a la CORU. 8 U.S.C. 1182 (a)(28) (f) (III)

4. Bosch es un extranjero excluible debido a que personalmente ha abogado y enseñado el sabotaje, y debido a su pertenencia al MIRR y a la CORU. 8 U.S.C. 1182 (a) (28) (f) (IV).

Bosch es un extranjero excluible debido a que hay bases razonables para creer que él probablemente se mezclaría, después de entrar, en actividades las cuales serían prohibidas por las leyes de Estados Unidos respecto al espionaje, sabotaje, desorden público, o en otras actividades subversivas para la seguridad nacional, 8 U.S.C. 1182 (a) (29).

La excepción en la sección 1182 (a)(28) (I) no es aplicable en un caso donde, como aquí, la exclusión está basada en la promoción activa y la enseñanza de la violencia, en oposición a la mera pertenencia o afiliación a una organización que así lo aboga y lo enseña. La evidencia aquí de ninguna forma permitiría a Bosch invocar esa excepción.

Aplicación del asilo y suspensión de la deportación

Considerando que he concluido que Bosch es excluible y deportable, su solicitud de asilo ha sido presentada apropiadamente ante mí para una decisión.[2]

He revisado cuidadosamente la solicitud de asilo de Bosch junto con sus anexos. La considero también como una solicitud para suspender la deportación. Para propósitos de decidir si conceder o no el asilo a Bosch, yo presumo, sin decidir, basado en las propias declaraciones de Bosch, de que hay una clara probabilidad de que será sujeto a persecución si se devuelve a Cuba. Esta presunción permitiría a Bosch alcanzar la norma mínima de un bien fundado temor de persecución tal como es empleado ese término en la sección 101 (a) (42) de la ley de inmigración y naturalización, y de esa manera, alcanzar el umbral de prueba para el otorgamiento de asilo. 8 U.S.C. 1101 (a) (42).[3]

Por supuesto, incluso si un individuo ha establecido una clara probabilidad de persecución en su país de origen, esto no termina la averiguación de si un individuo recibirá asilo. Las regulaciones prevén el análisis discrecional de otros factores los cuales pueden llevar a la conclusión de que el asilo no obstante, no debiera ser concedido. En este caso esas consideraciones son obligatorias.

Bajo la ley que rige y sus regulaciones para su aplicación, la retención de la deportación debe ser negada si un individuo ha sido condenado de un delito particularmente serio, y por tanto, constituye un peligro para la comunidad de Estados Unidos. 8 U.S.C. 1253 (h) (2) (b). La condena de Bosch en 1968 por un particularmente serio delito por sí mismo lo hace inelegible para la retención de la deportación. Además, las conclusiones alcanzadas en la sección anterior respecto a la larga historia de Bosch de apoyo y la activa participación en actividades terroristas y organizaciones, confirma la creencia de que él constituye un peligro para la comunidad. Por esas razones, en el ejercicio de mi discreción, se le niega el asilo.[4]

Una base adicional para negar el asilo y para retener la deportación, es que existen "bases razonables para considerar a los extranjeros como un peligro para la seguridad de Estados Unidos". 8 U.S.C. 1253 (h) (2) (d), 8 C.F.R. 208.8 (f) (1) (VI). Basado en mi revisión de la información confidencial en este caso, tal como fue descrito en las secciones anteriores de esta opinión, encuentro que la presencia de Bosch en Estados Unidos no constituye dicho peligro.

Finalmente, la información confidencial considerada en el curso de la adjudicación de la orden de exclusión, me lleva a creer que el Dr. Bosch ha cometido delitos no políticos serios fuera de Estados Unidos antes de su última llegada aquí. Esto también es una base suficiente para negar su solicitud de que se suspenda la deportación y para apoyar una negación de asilo discrecional. 8 U.S.C. 1253 (h) (2) (c). Vea asunto de MacMullen, int. Dec. 2967 (bia, 25 de mayo, 1984).

Cualquiera de las tres bases para negar el asilo y para suspender la deportación, descritas arriba sería suficiente ellas solas para negarle a Bosch el socorro que busca. Consideradas de manera conjunta, son más que suficientes para contrapesar la consideración que he dado al temor a la persecución de Bosch. A la luz del amplio involucramiento de Bosch en actividades y organizaciones terroristas, su declaración de que él no se mezclaría en actividades terroristas en Estados Unidos no es creíble. Más aún, incluso si limitara sus actividades a abogar por actos terroristas por otros fuera de Estados Unidos, existe un riesgo sustancial de represalia apuntado hacia este país o sus ciudadanos. Estados Unidos no puede brindar abrigo a alguien que desde ese abrigo, abogue por los daños y la muerte sobre la propiedad o personas civiles inocentes. La seguridad de esta nación es afectada por capacidad para estimular la credibilidad en otras naciones para que rechacen ayudar y darle abrigo a los terroristas, en cuyos objetivos a veces nosotros también nos convertimos. No podríamos darle abrigo al Dr. Bosch y mantener nuestra credibilidad a este respecto.

Confidencialidad

Consecuente con la 8 U.S.C. 1225 (c) y después de consultar con las apropiadas agencias de seguridad del Gobierno, yo concluyo que la divulgación de la información confidencial sobre la cual he descansado, sería perjudicial para el interés público, la protección o la seguridad.

Conclusiones

Por las razones expuestas arriba, en esta fecha por este medio se ordena que Orlando Bosch Ávila sea excluido y deportado de Estados Unidos. También se ordena que sus solicitudes de asilo y de que se suspenda la deportación bajo la 8 U.S.C. 1158 y 1253 (h,) respectivamente, sean negadas.

Fecha: 23 de enero de 1989

Joe D. Whitley
Fiscal General
Asociado actuante.

Atrás aparece una certificación de haberle remitido copias de este documento a dos personas en Miami que lo habían solicitado:

A Raoul N. Adorno, Raoul G. Cantero, III Adorno Zeder Allen Vossbloomberg & Goodkind, p.a. Bayview Executive Plaza 3225 Aviation Avenue, suite 400 Miami. Fl, 33133.

Y a Oscar Levin Barst & Mukamal, 444 Brickell Avenue, suite 601 Miami, Fla. 33131.

Y firma la certificación Lauri Steven Filppti

Bibliografía

Abramovici, Pierre: "Operación Cóndor, pesadilla de América Latina", *Le Monde Diplomatique,* Francia, mayo, 2001.

————: *Cómo nace el terror en América Latina.* "La otra guerra sucia de Aussaresses", *Le Point,* Francia, 15 de junio de 2001.

Arboleya Cervera, Jesús: *La contrarrevolución cubana,* Editorial de Ciencias Sociales, La Habana, 2000.

Archivos de la Corte Suprema de Justicia de Argentina, 2004.

Archivos de la Corte Suprema de Justicia de Chile, 2004.

Archivo del Terror, Corte Suprema de Justicia de la República del Paraguay, 2004.

Blixen, Samuel: *El vientre del Cóndor,* Montevideo, Uruguay, 1987.

Boccia, Alfredo; Myriam Angélica González y Rosa Palau Aguilar: *Mi informe, los archivos secretos de la policía de Stroessner,* Centro de Documentación y Estudios (CDE), Paraguay, 1994.

Callejas Honores, Mariana Inés: *Siembra vientos,* ediciones Chile-América, CESOC, Chile, 1995.

Calloni, Stella: *Los años del lobo,* ediciones Continente, Argentina, 1999.

Chile, recuerdos de la guerra. Más allá de las fronteras, CODEPU-DIT-T, Chile, 1996.

Dinges, John y Saul Landau: *Asesinato en Washington. El caso Letelier,* Lasser Press, Mexicana, S.A., México, D.F., 1982.

————: *Operación Cóndor. Una década de terrorismo internacional en el Cono Sur,* Quebecor World Chile, S.A., 2004.

Etcheverry Vázquez, Pedro: *Terroristas sobre las alas del Cóndor,* CEASEN, La Habana, 1996.
Encinosa Canto, Enrique: *Cuba en Guerra. Historia de la Oposición Anti-Castrista 1959-1993,* The Endowment for Cuban American Studies, Colombia, 1995.
Marín, Gladys: *Regreso a la esperanza. Derrota de la Operación Cóndor,* ediciones ICAZ (Instituto de Ciencias Alejandro Lipschutz), Chile, 1999.
Mellenger de Sannemarn, Gladys: *Paraguay en el Operativo Cóndor,* Ministerio de Educación y Culto, Paraguay, 1993.
————: *Paraguay y la Operación Cóndor en los Archivos del Terror,* Talleres de A.R. impresiones, Asunción, Paraguay, 1994.
Méndez Méndez, José Luis: *Salvar al mundo del terrorismo,* Editora Política, La Habana, Cuba, 2003.
————: *Los cuervos del imperio,* Editora Política, La Habana, Cuba, 2003.
————: *Los años del terror,* Editora de Ciencias Sociales, libro en edición, 2006.
Mayorga Marcos, Patricia: *El cóndor negro,* editorial Aguilar Chilena, Santiago de Chile, Chile, 2003.
Paredes, Roberto: *La lucha de clases en el Paraguay 1989-2002,* Talleres Gráficos de AGR, S.A., Asunción, Paraguay, 2002.
————: *Resek: Un rayo de ira santa,* Intercontinental Editora, Asunción, Paraguay, 2003.
————: *Stroessner y el stronismo,* Servilibro, Asunción, Paraguay, 1999.
Rodríguez Mendigutía, Félix y John Weisman: *Guerrero en la sombra,* Simon & Schuster Inc., New York.

Servicios cablegráficos y prensa

Cable de A.P. Santiago de Chile, 1ro de diciembre de 1998.
Elizalde, Rosa Miriam y René Tamayo: "El Cóndor sigue volando", en *Juventud Rebelde,* 13 de noviembre de 2005, La Habana.
Méndez Méndez, José Luis: "Pinochet y el terrorismo anticubano", en revista *Tricontinental,* No. 137, año 37, 2003, pp. 13-21.

Rusell, Dick: "El reino del terror en la Pequeña Habana", *New Times,* 29 de octubre de 1976, Miami, Florida.

Documentos

Documentos desclasificados del FBI.
Documentales, videos.
Bravo, Estela: *Los niños desaparecidos,* La Habana, 1987.
Araya, Marcelo: *Confesiones de un asesino,* Chile, 1993.
Archivos de las cortes supremas de Justicia de Argentina, Paraguay y Chile.
Declaraciones oficiales de terroristas anticubanos detenidos en México en julio de 1976.

Entrevistas

Dr. Alberto Pedroncini, abogado querellante contra la Operación Cóndor, Buenos Aires, 2004 y 2005.
Dr. Carlos Zamorano, abogado, Buenos Aires, 2004 y 2005.
Lic. Anabel Alcaide, investigadora, Buenos Aires, 2004 y 2005.
Dr. Eduardo Contreras Mella, abogado contra la Operación Cóndor, Santiago de Chile, 2004.
General Manuel Contreras Sepúlveda, director de la DINA, Santiago de Chile, julio de 2004.
Dr. Luis María Benítez Riera (Archivo del Terror), Asunción, Paraguay, 2004
Dr. Marcial Riquelme, Asunción, Paraguay, 2004.
Dr. Martín Almada, Asunción, Paraguay, 2004 y 2005.
Dr. Alfredo Boccia, Asunción, Paraguay, 2004.
Lic. Rosa Palau Aguilar (Archivo del Terror), Asunción, Paraguay, 2004.
Dr. Roberto Paredes, Asunción, Paraguay, 2004.
Lic. Sonia Angélica Silva Olmedo (Archivo del Terror), Asunción, Paraguay, 2004.

Índice de organizaciones

P

Q

S

T

U

Índice onomástico

A

B

C

D

N

O

P

Q

R

S

T

V

W